LA CHAMBRE ARDENTE

Les ouvrages du même auteur figurent en fin de volume.

MAX GALLO
de l'Académie française

La Chambre ardente

récit

Fayard

ISBN : 978-2-213-63332-9

© Librairie Arthème Fayard, 2008

Rien de ce qui compose la matière de ce récit n'a été imaginé – comment aller au-delà de ce réel historique déjà fantastique ? –, sinon l'existence et la forme de cette *Relation particulière* prêtée à un véritable ambassadeur de Venise à la cour du Roi-Soleil.

M. G.

**Relation particulière de Primi Visconti,
ambassadeur de la Sérénissime République
de Venise auprès de Sa Majesté Louis XIV,
roi de France,
aux Illustrissimes Seigneuries
de la Sérénissime République.**

I.

Lettre du 14 juillet 1709

Illustrissimes Seigneuries,

Depuis que votre généreuse et précieuse confiance a fait de moi l'ambassadeur de Votre Sérénissime République de Venise auprès de Sa Majesté Louis XIV, j'ai tenté de percer les secrets et les intentions de ce souverain si admiré et craint.

À plusieurs reprises, dans mes *Relations*, j'ai fait écho aux rumeurs qui accusaient l'une ou l'autre maîtresse du Roi d'avoir par ambition, par jalousie, par intérêt, empoisonné une rivale. Et d'avoir usé avec le Roi de philtres et de drogues d'amour afin de susciter son désir. Derrière le faste et l'étiquette, et, aujourd'hui, malgré l'austérité et la dévotion qui y règnent, la cour du Roi-Soleil m'est ainsi apparue, un nœud enchevêtré d'intrigues, de complots et de soupçons plus maléfique qu'un grouillement de serpents venimeux.

À chaque décès dans l'entourage du Roi, les médecins ont été invités à ouvrir les corps afin de s'assurer que le poison n'était point à l'origine de la mort.

Il en fut ainsi en juin 1670 lorsque, dans d'atroces et subites souffrances, mourut Mme Henriette, princesse d'Angleterre, épouse du frère cadet du Roi, le duc d'Orléans.

Elle avait entretenu des rapports intimes avec Louis XIV, puis l'une de ses suivantes, Mlle de La Vallière, était devenue la maîtresse du Roi.

On a prétendu – et j'ai rapporté ce récit en son temps – que « Madame était dans le salon de Saint-Cloud en bonne santé, qu'elle avait bu un verre d'eau de chicorée que son apothicaire lui avait apporté ; un quart d'heure après, elle s'était mise à crier qu'elle sentait un feu dans l'estomac, qu'elle n'en pouvait plus »...

On a assuré que le coupable aurait été l'un des amants du duc d'Orléans, le marquis d'Effiat, qu'il aurait avoué son crime au Roi lui-même. Et Louis XIV, soulagé d'apprendre que son frère n'avait été mêlé en rien à la préparation de ce crime, aurait pardonné au criminel.

Je ne peux confirmer ces faits, mais j'ai vu à la cour, au château de Saint-Germain, ou chez le duc d'Orléans, à Saint-Cloud, le marquis d'Effiat qui n'avait perdu ni sa superbe ni sa bonne humeur. Quant au duc, entouré de ses jeunes courtisans parés comme des filles, il riait à gorge déployée.

Et le doute a persisté.

Le corps de Madame a ainsi été autopsié en présence de l'ambassadeur d'Angleterre, et les médecins n'ont relevé aucune trace de poison.

Mais j'ai reçu les confidences de plusieurs d'entre eux. Ils m'ont assuré qu'il était impossible d'établir la présence de poison dans les organes corrompus ou détruits. À les entendre, le foie, l'estomac, les intestins, les poumons, le cœur même pouvaient aussi bien avoir été gangrenés par une tumeur maligne que par l'une des mixtures qu'alchimistes, sorciers et sorcières, jeteurs de sorts préparent dans les caves de leurs maisons des faubourgs, mêlant arsenic et sulfure, vert-de-gris et huile de vitriol, acide et ciguë, venin de crapaud macéré et poudres d'organes putréfiés.

Je me suis depuis longtemps étonné que ces empoisonneurs, apothicaires, devineresses, astrologues, faux-monnayeurs recherchant le moyen de transmuter le vil plomb en or ou le mercure en argent, soient si nombreux à Paris, dans la capitale de ce royaume qui sert de modèle à la plupart des monarchies et principautés d'Europe.

Lorsque j'ai fait part de ma surprise au lieutenant général de police de Paris, Nicolas Gabriel de La Reynie, il n'a pas nié le fait.

Il avait été révulsé en apprenant que des marquises et des duchesses se rendaient fréquemment chez ces sorcières et ces devineresses, y achetant drogues et philtres, poisons et aphrodisiaques, et se faisant lire leur avenir dans des cœurs de pigeons, ou la main coupée d'un pendu. Certaines pratiquaient même des « messes noires », dites par des prêtres devenus les serviteurs du diable.

On s'y livrait à d'étranges pratiques ; la femme, le corps à demi dénudé mais le visage masqué, servait d'autel dans ces célébrations où l'on priait Dieu et le diable afin qu'ils favorisent les projets de la demanderesse qui voulait se faire aimer d'un homme qu'elle jugeait insensible à ses charmes.

Et Nicolas Gabriel de La Reynie m'avait laissé entendre que cet homme était souvent le Roi.

Parfois – c'est aussi le lieutenant général de police qui m'a rapporté le fait –, on égorgeait un fœtus ou un nouveau-né, payé un sol à sa mère, et on se servait de son sang pour des rituels démoniaques.

Les yeux encore remplis de stupeur et même d'effroi, La Reynie m'avait confié que chez la Voisin, la plus connue, la plus monstrueuse de ces sorcières, qui habitait dans le quartier de Bonne-Nouvelle, non loin de la porte Saint-

Denis, on avait retrouvé un four dans lequel elle brûlait les corps des fœtus et des nouveau-nés.

Elle avait avoué – mais sans doute l'ivresse ce jour-là l'avait-elle poussée à exagérer – qu'elle avait ainsi jeté aux flammes ou enterré dans son jardin plus de deux mille cinq cents fœtus. Car elle était maîtresse en avortement, comme toutes ces sorcières « faiseuses d'anges ».

Averti des pratiques auxquelles se livraient certaines de ses proches et peut-être à ses dépens, le Roi avait décidé dès le mois de mars 1679 de créer une Chambre ardente. Elle prononça trente-six condamnations à mort, dont celle de la Voisin.

Nicolas Gabriel de La Reynie, que je rencontrais régulièrement, me confiait que, malgré ces exécutions et les ordonnances qu'il avait prises afin de contrôler l'élaboration, la vente et l'usage des drogues, il craignait qu'on ne continuât d'user, dans l'entourage même du Roi, de ces « poudres de succession » qui hâtaient la mort des pères, des maris ou des épouses afin d'hériter plus vite de leurs biens et de leurs rentes, parfois aussi de leurs maîtresses ou amants.

LETTRE DU 14 JUILLET 1709

Le temps a passé depuis la création de cette Chambre ardente.

Et Vos Illustrissimes Seigneuries savent que j'ai tenu le Doge et les membres du Conseil de la Sérénissime République informés du déroulement des enquêtes, de la nature des rumeurs qui, durant plusieurs années, ont répandu leurs mortelles effluves sur toute la Cour et, j'ose le dire, jusque dans la chambre même du Roi.

Mais le témoin principal de ces faits, Nicolas Gabriel de La Reynie, est mort le 14 juin 1709 il y a un mois jour pour jour.

Et le décès de cet homme probe est venu confirmer que cette année 1709 est, jusqu'à aujourd'hui, pour le royaume de France, le temps du malheur.

L'hiver a été terrible. La disette, la famine, les épidémies se sont ajoutées à un froid glacial qui a par endroits fait geler la Seine.

Des émeutes ont secoué les villes et les campagnes. Sur les frontières, les armées royales, vous l'avez su, ont été défaites par les troupes anglaises et impériales.

« Le ciel est d'airain pour le Royaume affligé ; la misère, la pauvreté, la désolation, la mort marchent partout devant nous », a déclaré le prédicateur Massillon dans l'un de ses sermons. Deux jours avant la mort de La Reynie, le Roi avait adressé aux gouverneurs et aux évêques une lettre qui devait être lue dans toutes les paroisses. Que l'orgueilleux monarque veuille expliquer ses choix, les justifier, donne la mesure de la gravité de la situation !

J'ai appris aujourd'hui qu'en présence de Mme de Maintenon – cette dévote qu'il a épousée – et du chancelier de France, le comte de Pontchartrain, le vieux Roi (il vient de franchir sa soixante et dixième année) a, de sa propre main, jeté hier au feu toutes les pièces des enquêtes en empoisonnement conduites par Nicolas Gabriel de La Reynie et que, sur son ordre, la Chambre ardente n'avait pas eu à connaître, tant elles étaient compromettantes pour des proches de Sa Majesté.

En détruisant ces pièces, Louis XIV a voulu effacer toutes traces de ces affaires de poisons qui ont terni et corrodé plusieurs années de son règne.

Celui-ci n'est pas achevé. On dit le corps du Roi rongé par la maladie. Mais son énergie et sa volonté de survivre sont grandes et ceux qui, comme moi, l'ont vu recevoir à la Cour, dans la galerie des glaces de Versailles, les ambassadeurs savent que son esprit gouverne à sa chair et qu'il régnera en souverain absolu autant que Dieu le lui permettra.

Voilà pourquoi, Illustrissimes Seigneuries, je crois utile de vous envoyer cette *Relation particulière* écrite à partir des copies des pièces que Nicolas Gabriel de La Reynie avait fait établir à l'insu du Roi.

Je suis en possession de ces copies, et je le dois à l'amitié que me portait le lieutenant général de police, lequel me savait capable de n'en user qu'après sa mort, et avec discrétion.

Le courrier qui vous remettra ma *Relation particulière* empruntera pour se rendre à Venise des chemins détournés. La cour de France entretient en effet une nuée d'espions, laquais, gentilshommes, argousins, prêtres chargés de rapporter tout ce qui se dit et se trame à Versailles et à Paris.

Les ambassadeurs n'échappent pas à cette surveillance et leurs lettres sont souvent décachetées sans vergogne – et même sans précaution ou volonté de le dissimuler – par le « Cabinet noir » qui rend compte chaque jour au Roi de la teneur des correspondances saisies.

Je ne pouvais prendre le risque de voir cette *Relation particulière* violée par les hommes du Cabinet noir et portée à la connaissance de Sa Majesté.

Le courrier auquel je la confie est homme de confiance et d'expérience.

Après avoir lu cette *Relation particulière*, vos Illustrissimes Seigneuries découvriront quelques-uns des secrets les plus enfouis du règne de Sa Majesté Louis XIV. Ces faits ont pesé et pèseront sur le destin de la monarchie française.

Le monarque qui succédera au Roi-Soleil ne pourra les ignorer.

Il fallait donc que Vos Illustrissimes Seigneuries les connaissent pour assurer la sécurité et la prospérité de notre Sérénissime République, celles-ci dépendant pour une part des décisions du roi de France, souverain le plus puissant d'Europe.

II.

Nicolas Gabriel de La Reynie

Nicolas Gabriel de La Reynie était le serviteur dévoué et obéissant de ce roi de France dont la puissance et la gloire éblouissent encore tous les autres souverains.

La seule liberté qu'il prît avec lui fut de garder copie de tous les documents relatifs à ces affaires de poisons que Louis XIV s'était fait remettre dans l'intention évidente de les détruire.

Ce que le Roi n'osa faire du vivant de son lieutenant général de police, comme s'il avait craint le jugement de celui qu'il avait chargé de se montrer impitoyable et de déférer devant les magistrats de la Chambre ardente tous les suspects, quels que fussent leurs rang et qualité.

La Reynie me confia qu'à son avis, Sa Majesté n'avait pas imaginé quels personnages les commissaires enquêteurs de la lieutenance de police allaient prendre dans leurs filets.

– Mais le Roi avait ordonné, et j'avais fait selon ses vœux.

Or les plus grandes dames de la Cour, Mme de la Motte et la duchesse de Polignac, dénoncées par les sorcières, jeteuses de sorts et faiseuses d'anges, furent appelées à comparaître devant la Chambre ardente. Elles avaient, assuraient ces devineresses, alchimistes et criminelles, réclamé de la « poudre de succession » et d'autres de ces drogues qui plongent ceux qui les absorbent dans le sommeil de la mort, et non dans une courte somnolence.

Nicolas Gabriel de La Reynie débusqua aussi Olympe Mancini, comtesse de Soissons, nièce du cardinal de Mazarin et premier amour – peut-être le plus passionné, le plus sincère – du jeune roi Louis XIV.

Ce souverain dont toutes les femmes – La Reynie le murmurait avec une sorte d'effarement – rêvaient de faire la conquête, quels que fussent les moyens qu'elles devaient employer pour y parvenir.

Ayant lu les documents établis par les enquêteurs, le Roi – m'avait confié La Reynie – avait relevé la tête et était resté longuement silencieux, deux rides se creusant de part et d'autre de sa bouche, son visage exprimant l'amertume et l'inquiétude.

– Peut-être à cet instant s'est-il souvenu de ses maux de tête, de ses accès inopinés de somnolence, et a-t-il pour la première fois pensé qu'on pouvait répandre sur ses plats, verser dans ses verres l'une de ces poudres que la Voisin et ses semblables préparaient et vendaient aux grandes dames de la Cour ?

Le maréchal de Luxembourg, chef de guerre victorieux, dut lui aussi se justifier devant la Chambre ardente, accusé d'avoir eu commerce avec les sorciers. On le soupçonna d'avoir voulu se débarrasser d'une épouse riche et si laide qu'il n'osait la montrer à la Cour.

Il en fut de même pour la duchesse de

Vivonne qui aurait demandé à la Voisin de « quoi se défaire » de son mari, d'obtenir à cette fin l'une de ces « poudres de succession ».

Or la duchesse de Vivonne était l'épouse de Louis-Victor de Rochechouart, maréchal de France, vice-roi de Sicile en 1675, et surtout le propre frère de la marquise de Montespan qui fut un temps, je l'ai indiqué dans mes *Relations régulières*, la femme la plus influente de la Cour, puisqu'elle était la maîtresse en titre du Roi.

En écoutant Nicolas Gabriel de La Reynie, j'ai pu mesurer combien le lieutenant général de police avait été bouleversé en découvrant les relations qu'entretenaient ces Grands du royaume, les plus proches du Roi, avec les sorciers empoisonneurs. Son visage, des années plus tard, en exprimait encore du désarroi.

Lorsqu'il avait fait part au Roi du résultat de ses enquêtes, celui-ci l'avait écouté en silence, mais, quelques jours plus tard, La Reynie recevait une *Instruction* qui le plongea dans les tourments :

« Mon intention est que vous ayez à procéder au plus tôt aux interrogatoires, avait dicté Sa Majesté, et à faire écrire sur des feuilles séparées les réponses que chacun desdits prisonniers vous fera, pour en être ensuite usé selon et ainsi qu'il sera par moi-même décidé. »

La Reynie ne m'a pas caché qu'il avait aussitôt compris que le Roi voulait soustraire aux juges les personnes qui lui étaient les plus proches. Et qu'un jour ces « feuilles séparées » seraient détruites par le souverain afin que toutes ces affaires de poisons ne laissent plus aucune trace.

Mais Nicolas Gabriel de La Reynie était un homme scrupuleux. Mazarin avait fait de lui un maître des requêtes. Colbert l'avait chargé d'étudier les « matières de police » et, le 15 mars 1667, le Parlement de Paris avait enregistré l'édit créant la charge de lieutenance de police, qui lui était confiée.

J'ai pu juger de l'action de La Reynie. Il fit paver, nettoyer, éclairer les rues. On put y circuler sans craindre à chaque pas d'être détroussé, voire égorgé. De place en place, il fit installer des fontaines, et amarrer des pompes au pont Notre-Dame. Il fit surtout œuvre de police, envoyant les soldats du guet rue Neuve-Saint-Sauveur et rue Saint-Denis disperser cette « cour des miracles » où se rassemblaient gueux et filous, prostituées et déserteurs.

Il parlait de ses actions avec une grave modestie et, au fil des années, j'ai vu son visage s'épaissir, sa silhouette se voûter, comme s'il prenait conscience de l'impossibilité où il se trouvait de mener sa tâche à son terme.

Il envoyait aux galères ou faisait pendre au gibet les coupeurs de bourses et autres coquillards de la cour des miracles, mais d'autres surgissaient comme la mauvaise herbe entre les pavés.

– Je suis celui qui voit l'envers des choses, me confiait-il parfois alors que j'évoquais la cour de Versailles où il se rendait peu, ne se mêlant jamais à la tourbe des courtisans, mais voyant le Roi en tête à tête.

Il devina les intentions du souverain et décida donc d'accomplir cet acte de désobéissance, presque une rébellion. Il fit copie des « feuilles séparées » soustraites aux juges de la Chambre ardente. Et il me les communiqua aux premiers jours du mois de janvier 1709, alors que les sujets du Roi grelottaient, mouraient de froid et de disette, s'ameutaient pour attaquer les rares convois de grain.

Nicolas Gabriel de La Reynie était alors un vieillard de quatre-vingt-quatre ans, toujours vigoureux et actif. Mais ce fils d'un conseiller du Roi, cet ancien lieutenant de Guyenne, peut-être habité en son grand âge par le besoin de mettre sa vie en harmonie avec sa foi avant de paraître devant Dieu, voulait laisser témoignage de cet « envers des choses » que Louis XIV désirait au contraire dissimuler à jamais. La Reynie me communiqua ainsi les copies des documents de la Chambre ardente comme on transmet, en confession, le secret d'une vie.

Et je lui prêtai serment de n'en point faire état avant sa mort.

J'ai tenu ma promesse, je peux aujourd'hui, Illustrissimes Seigneuries, vous faire parvenir cette *Relation particulière* afin que, dans Votre Sagesse, vous jugiez de l'usage qu'il convient d'en faire.

Peut-être serait-il bien que les rois de France sachent qu'il n'existe pas de secret qui ne puisse être dévoilé ?

III.

« Les enfants donnés au diable »

Je dois, Illustrissimes Seigneuries, ajouter quelques souvenirs et mon témoignage à la *Relation particulière* que j'ai élaborée à partir des copies de documents que m'a remises Nicolas Gabriel de La Reynie.

Au cours des nombreuses conversations que nous avons eues au fil des années, le lieutenant général de police, sans rien me révéler, m'a fait comprendre qu'il découvrait chaque jour de multiples ramifications à ce qu'il avait cru n'être d'abord qu'une sordide affaire de poisons.

La voix grave, la tête baissée, comme accablé, il me répétait qu'il s'agissait d'une entreprise criminelle qui menaçait le royaume.

Mais il ne répondait à aucune des questions que je lui posais.

S'agissait-il d'un complot, d'une cabale visant le Roi, comme le pays en avait connu au temps des guerres de Religion et durant la Fronde ?

Il soupirait, parlait de sacrilèges, quelquefois aussi de crimes de lèse-majesté.

Mais quand je l'interrogeais, lui demandant si l'on avait voulu tuer le Roi, il s'exclamait avec une sorte d'effroi dans la voix :

– Ne dites jamais cela ! Prononcer de tels mots, Visconti, c'est déjà attenter à la personne du Roi, et vous savez qu'elle est sacrée !

J'avais constaté pourtant qu'en ces années-là, autour de 1680, alors que jamais la puissance du Roi et sa gloire n'avaient été aussi grandes et aussi rayonnantes, l'atmosphère à la Cour était sombre, comme si chaque courtisan, plus encore qu'à l'accoutumée, restait sur ses gardes, veillant à ne jamais parler à proximité de l'un de ces innombrables laquais dont on savait qu'ils avaient pour mission de recueillir tous les propos et de les rapporter.

Mais certains me chuchotaient qu'il y avait des « faits particuliers » dans ces affaires d'empoisonnements, et ils ajoutaient qu'il fallait renvoyer cette Chambre ardente, sans jamais me préciser cependant ce qu'ils entendaient au juste par « faits particuliers ».

Illustrissimes Seigneuries, vous les découvrirez dans cette *Relation particulière*.

Nicolas Gabriel de La Reynie paraissait ne pas comprendre, quand je lui rapportais ces propos des courtisans.

Il semblait vouloir, par une profusion inattendue de phrases, me faire oublier ce que j'avais entendu rapporter à la Cour.

Au fur et à mesure qu'il parlait, l'émotion le gagnait et, cependant, il n'établissait aucun lien entre ce qu'il évoquait et les « affaires de poisons » sur lesquelles il enquêtait.

– Les impiétés, disait-il, les sacrilèges, les abominations sont pratiqués partout. Ils sont communs à Paris, à la campagne et dans les provinces.

Il évoquait les messes noires, les femmes au corps dénudé servant d'autel, la « compagnie charnelle » et les scènes de débauche qui accompagnaient ces cérémonies diaboliques, leur moment le plus intense, quand les femmes se livraient aux prêtres qui invoquaient le diable.

Puis, d'une voix étranglée, il me parlait tout à coup des enfants abandonnés qui disparaissaient, des femmes qui vendaient leurs nouveau-nés ou les fœtus dont les faiseuses d'anges les avaient délivrées.

Je me souviens qu'à Paris, au mois de septembre 1676, des femmes s'étaient rassemblées dans les rues, criant qu'on enlevait les enfants pour les égorger. J'avais cru qu'il s'agissait d'une de ces rumeurs qui soulèvent le peuple mais qui n'ont aucun fondement, sinon la peur. Or Nicolas Gabriel de La Reynie me confiait que des mères donnaient bel et bien « leurs enfants au diable », ou bien on les leur arrachait à cette fin.

Un prêtre, Guibourg, avait ainsi sacrifié au cours de messes noires quatre des sept enfants qu'il avait eus d'une pauvre femme, pour arroser de leur sang l'hostie ainsi consacrée et qu'il dédiait aux divinités de l'amour. Et ce pour favoriser les désirs d'une femme dont jamais Nicolas Gabriel de La Reynie n'avait prononcé le nom.

Et il ajoutait qu'une sorcière, une devineresse, cette Voisin dont j'ai déjà parlé, brûlait dans un four les corps des enfants avortés ou tués, et disait faire ainsi cuire de « petits pâtés ».

Une femme avait même témoigné avoir vu dans une vasque les corps coupés en morceaux de deux petits garçons dont les membres encore charnus baignaient dans leur sang.

– C'est aussi cela, le royaume de France, avait ajouté Nicolas Gabriel de La Reynie.

J'étais effrayé, mais je ne doutais point de la véracité de ce qu'il me confiait.

J'avais foi en lui.

Évoquant son souvenir peu de temps après sa mort, le duc de Saint-Simon devait me dire que La Reynie « était un homme d'une grande vertu et d'une grande capacité qui, dans une place qu'il avait pour ainsi dire créée, devait s'attirer la haine publique et s'acquit pourtant l'estime universelle ».

Mais cette vertu n'alla pas sans tourments, et sa tâche de lieutenant général de police était si lourde qu'il en fut épuisé.

J'ai su qu'il avait dû, en 1681, défendre sa position et la Chambre ardente dans le cabinet du Roi, devant Sa Majesté, les ministres Colbert et Louvois, et le chancelier de France. Il réussit alors à empêcher que la Chambre ardente fût dissoute, mais les « faits particuliers » durent être consignés, comme je l'ai dit, sur des « feuilles séparées », afin de préserver et la gloire du Roi, et l'image de puissance et d'ordre du royaume.

Ce qui impliquait que les personnes proches du Roi mises en cause, même si elles avaient été citées devant la Chambre ardente, ne fussent jamais jugées, et que leurs noms fussent tenus secrets.

« LES ENFANTS DONNÉS AU DIABLE »

Illustrissimes Seigneuries, vous les trouverez dans la *Relation particulière* que j'ai rédigée à votre intention.

IV.

« Des modes de crimes comme d'habits »

Ce sont des noms de femmes que cite d'abord Nicolas Gabriel de La Reynie.

J'ai vu la première, Marie-Madeleine d'Aubray, marquise de Brinvilliers, assise dans l'un des tombereaux chargés habituellement de transporter, hors les murs de la ville, les ordures, viandes pourries et carcasses puantes.

On avait jeté de la paille entre les ridelles, et la marquise, pieds nus, vêtue seulement d'une tunique de toile grossière largement échancrée au cou, était assise entre son confesseur l'abbé Pirot et le bourreau, maître Guillaume.

Elle venait d'être soumise à la question.

On lui avait fait ingurgiter huit cruches d'eau de deux pintes et demie chacune [1], mais, malgré les soubresauts de son corps qui se remplissait d'eau, la marquise de Brinvilliers n'avait rien ajouté aux aveux qu'elle avait faits devant ses juges.

Les magistrats du Parlement de Paris l'avaient condamnée à subir la question extraordinaire et à être décapitée en place de Grève sur l'échafaud où elle serait menée dans un tombereau à immondices, nu-pieds, la corde au cou, portant une torche ardente du poids de deux livres. Et sur le parvis de Notre-Dame elle serait contrainte de demander pardon à Dieu, au Roi, à la Justice.

On avait été clément avec elle en ne la condamnant pas à avoir, avant sa décapitation, le poing tranché, le supplice des parricides, et cependant elle avait empoisonné son père et ses deux frères, essayé de faire de même avec sa sœur, et tout cela pour s'emparer de leurs biens, satisfaire son amant, un jeune noble gascon,

---

1. 18 litres.

« DES MODES DE CRIMES COMME D'HABITS »

Gaudin de Sainte-Croix, qui, dans sa demeure, faisait œuvre d'alchimiste, distillait dans ses cornues poisons, poudres et philtres, mêlant l'arsenic, le vitriol et les poudres de venin de crapauds et de vipères.

C'est Sainte-Croix qui fournit à la jeune marquise les poisons nécessaires à ses crimes.

Soupçonnée puis dénoncée, démasquée dès 1673, elle fut condamnée, mais elle avait déjà gagné l'Angleterre puis la Belgique, et le bourreau devant ses juges dut se contenter de lacérer son effigie.

Alors qu'elle était réfugiée dans un monastère des environs de Liège, Louvois obtint des Espagnols le droit pour l'une de ses escouades d'aller se saisir de l'empoisonneuse dans sa retraite et de la reconduire à Paris.

Durant le trajet, elle tenta de se suicider, avalant épingles et morceaux de verre, cherchant à s'empaler. En vain.

Et je l'ai vue, à la fin de l'après-midi du 17 juillet 1676 – au lendemain de mon arrivée à Paris –, digne sur la paille, dans le tombereau.

Jamais je n'avais imaginé possible une telle

affluence dans cette ville immense que je n'avais pas encore parcourue.

Je côtoyais des gens de toutes conditions qui regardaient passer cette jeune femme gracile, belle dans sa tunique blanche, et qui allait monter, appuyée à son confesseur, les marches de l'échafaud.

On murmurait, car on trouvait que le bourreau prenait son temps pour la préparer, taillant et retaillant ses cheveux comme s'il avait hésité à la frapper ou bien comme s'il avait espéré la venue d'un messager apportant la grâce du Roi. Mais, à la fin, d'un seul coup il avait tranché la tête et jeté le corps coupé en deux dans le bûcher où il s'était vite consumé.

La lecture des copies des documents de Nicolas Gabriel de La Reynie m'a appris qu'avant de quitter la Conciergerie, donc dans les heures qui précédèrent son supplice et sa traversée infamante de Paris jusqu'à la place de Grève, la marquise de Brinvilliers avait demandé à parler seule à seul avec M. de Harlay, procureur général de Paris. Leur conversation avait duré plus d'une heure.

Le lieutenant général de police n'en dévoile que fort peu. Il révèle que le Roi avait demandé au procureur Harlay de se présenter à lui afin de lui dire « tout ce qui se passe dans la suite de l'affaire de la dame de Brinvilliers ».

Il rappelle que, peu après son arrestation, évoquant les poisons dont elle s'était servie – arsenic et vitriol, venin de crapaud, tous d'une efficacité redoutable, laissant « l'estomac et le duodénum de la victime tout noirs, s'en allant par morceaux, le foie gangrené et brûlé », comme l'avait montré l'autopsie de l'un de ses frères –, la Brinvilliers avait déclaré « que la moitié des gens de condition en ont aussi et sont engagés dans ce misérable commerce de poison, et je les perdrais si je voulais parler ».

Avait-elle communiqué ces noms au procureur général avant de partir pour l'échafaud dans le tombereau aux immondices ?

Nicolas Gabriel de La Reynie ne le dit pas.

Ou plutôt, Illustrissimes Seigneuries, il rappelle le décès suspect de Mme Henriette, épouse du duc d'Orléans, mais aussi la disparition de Hugues de Lionne, secrétaire d'État aux Affaires étrangères, en guerre avec son épouse aux mœurs libertines, ou encore la mort du comte de Soissons dont la mère avait exigé une autopsie, persuadée qu'il avait été empoisonné par son épouse Olympe Mancini, nièce de Mazarin et jadis grand amour du jeune Louis XIV.

La Reynie indique aussi – mais sans rapporter ces propos à la conversation de la marquise de Brinvilliers avec le procureur général – que dans l'entourage de la Brinvilliers et de son amant le chevalier de Sainte-Croix, il y avait des domestiques – les Guesdon – qu'on retrouvait, sans pouvoir les impliquer, dans d'autres affaires d'empoisonnements. Il évoque un complot de proches de Nicolas Fouquet, le surintendant enfermé par décision du Roi en 1664, qui voulaient empoisonner à la fois Colbert et le Roi.

Ces allusions indiquent que La Reynie commençait à penser que les alchimistes, les devineresses, les prêtres sacrilèges, les « empoisonneurs » formaient une sorte de confrérie avec ses rituels, ses liens étroits, ses savoirs échangés, et qu'ils offraient à qui le désirait, contre argent comptant, les services attendus : deviner et orienter l'avenir, élaborer des drogues pour faire naître un amour, supprimer un rival.

En 1673, Nicolas Gabriel de La Reynie écrit que les prêtres de Notre-Dame qui recevaient des pénitents l'avaient averti que « la plupart de ceux qui se confessent à eux depuis quelque temps s'accusent d'avoir empoisonné quelqu'un ».

La Reynie fait aussi état d'une réflexion de la marquise de Sévigné qui, d'une fenêtre, avait assisté à la décapitation de la Brinvilliers :

« Enfin c'en est fait, avait-elle dit, la Brinvilliers est en l'air, son pauvre petit corps a été jeté après l'exécution dans un fort grand feu, et les cendres au vent, de sorte que nous la respirerons, et, par la communication des petits esprits, il nous prendra quelque humeur empoisonnante dont nous serons tous étonnés. »

J'ai rappelé il y a quelques jours ces propos

en bavardant avec le duc de Saint-Simon qui me répondit de sa voix sifflante :

« Il me semble qu'il y ait, dans de certains temps, des modes de crimes comme d'habits. Du temps de la Voisin et de la Brinvilliers, ce n'étaient qu'empoisonnements. »

V.

« Une artiste en poisons »

Cette mode des poisons qu'en persiflant le duc de Saint-Simon a évoquée devant moi alors qu'en cette année 1709, mêlés à la foule des courtisans, nous attendions l'apparition de Sa Majesté Louis XIV, Nicolas Gabriel de La Reynie en décèle l'origine non seulement dans les crimes de la Brinvilliers, mais dans les empoisonnements réalisés par une demoiselle La Grange que j'ai vu pendre en place de Grève, un soir du mois de février 1679, deux ans donc après l'exécution de la marquise.

« Cette demoiselle La Grange, écrit La Reynie, était artiste en poisons et en faisait commerce. Elle fut la première à en enseigner l'usage et à mettre les armes à la main à différentes personnes qui ne se portèrent à bien des crimes que par la facilité qu'elles se trouvaient de les commettre. »

En lisant ces lignes du lieutenant général de police, j'ai été surpris.

Lorsqu'on avait commencé à parler d'elle, la demoiselle La Grange m'était apparue comme l'une de ces femmes avides qui, disposant de leur corps et de leur séduction comme d'une terre à louer, l'avait d'abord cédée à un mari, puis, celui-ci étant décédé, à un vieil homme fortuné.

Ce dernier, un avocat du nom de Faurie, s'était lassé de la jeune femme et avait décidé de la chasser de son lit.

Avec l'aide d'un prêtre, l'abbé Nail, la demoiselle avait fait croire qu'elle s'était mariée avec l'avocat, qu'il lui avait légué tous ses biens, puis elle avait empoisonné le vieil amant, s'emparant ainsi de sa fortune.

La famille du défunt l'avait démasquée.

Mais cette demoiselle, qu'était-elle d'autre sinon une criminelle sordide usant à sa manière d'une « poudre de succession » comme tant d'autres l'avaient fait avant elle ?

Qu'est-ce qui permettait à La Reynie d'affirmer qu'elle était à l'origine de cette « mode des crimes » par le poison ?

Lorsqu'elle a gravi les marches de l'échafaud à la lueur des torches, rares étaient les badauds.

Il faisait froid.

J'étais là, remarquant que le bourreau et son aide devaient aider la condamnée à marcher vers le gibet où elle serait pendue quelques minutes avant son complice, l'abbé Nail.

C'est qu'on avait appliqué à l'une et à l'autre la question extraordinaire. Les coins de bois, enfoncés à coups de maillet par huit fois, entre les planches serrées autour des jambes, avaient brisé les genoux, les os, et creusé de sanglants sillons dans les chairs.

Mais il n'y avait là rien que l'application de la loi à une criminelle commune qui, avant l'application de la question extraordinaire, avait avoué son crime. Et, sous la torture, elle n'en dit pas plus.

L'abbé Nail fit de même et, après s'être évanoui aux premiers coups de maillet, il répéta, lorsqu'il reprit conscience, qu'il ignorait tout « de quelques entreprises considérables regardant la personne du Roi et la Maison royale ».

Cette phrase énigmatique m'a conduit, Illustrissimes Seigneuries, à relire les copies des documents afin de découvrir le lien entre une demoiselle La Grange, meurtrière d'un vieil amant qui voulait la congédier, et des entreprises « considérables regardant la personne du Roi et la Maison royale ».

Certes, La Reynie s'exprime avec prudence, comme si, une fois de plus, il estimait qu'évoquer une menace contre le Roi constituait déjà un acte sacrilège. Mais j'ai découvert que la demoiselle La Grange, emprisonnée, a écrit au ministre Louvois, assurant qu'elle avait des révélations à faire sur des complots et des « entreprises » visant Sa Majesté. Était-ce un moyen de retarder son exécution ? Ou bien suggérait-elle, comme l'avait déjà fait la marquise de Brinvilliers, que des « gens de condition » faisaient commerce de poisons et envisageaient de les utiliser sur la personne du Roi ?

Louvois, en tout cas, écrit à La Reynie :

« L'on ne saurait trop prendre de précautions sur les affaires dont La Grange a parlé. Sa Majesté m'a commandé de vous dire qu'elle s'attend que vous suivrez cette affaire avec application et que vous n'oublierez rien pour l'éclaircir. »

La Reynie indique qu'exécutant les ordres de Sa Majesté, il a interrogé à la Bastille la demoiselle La Grange.

Il l'écoute, se persuade d'abord qu'elle n'est qu'une « devineresse » cherchant par des prophéties, des visions que rien ne vient confirmer et qu'on ne peut prouver, à éviter de subir le châtiment qui l'attend.

Puis, peu à peu, La Reynie découvre des liens avec des faux-monnayeurs – le chevalier Louis de Vanens – qui sont aussi des alchimistes, des suspects, lesquels ont séjourné à Turin peu de temps avant la mort étrange du duc de Savoie.

Vanens était en relation avec un banquier – Cadelan – qui lui avait remis une lettre de change de 200 000 livres tirée sur une banque de Venise.

J'ai cherché à connaître le nom de cette banque, Illustrissimes Seigneuries, sans pouvoir y parvenir.

Mais la somme était assez importante pour que La Reynie, Louvois et Colbert pensent qu'il s'agissait là de la preuve d'« entreprises considérables ».

Et ce d'autant plus qu'un étrange billet, remis à un jésuite qui le transmit au père La Chaise, confesseur du Roi, semble alors indiquer qu'une femme a tenté de convaincre un homme amoureux d'elle de renoncer à une « entreprise » périlleuse :

« Souvenez-vous de ce prince infortuné que nous vîmes devant la Bastille, lit-on dans ce billet. Cette poudre blanche que vous voulez mettre sur la serviette de qui vous savez, ne peut-elle être reconnue propre à l'effet auquel vous la destinez ? Je vous laisse à juger ce qui en arriverait ! Si vous ne perdez pour toujours un dessein si criminel, vous me perdez pour jamais. J'épouserai votre rival devant vos yeux... Je crains extrêmement que nos lettres ne soient vues et qu'on ne me croie coupable, quoique je sois fort innocente, car à tous les autres crimes il faut être complice pour être puni, mais à celui-ci il ne faut qu'avoir su. »

De fait, la seule connaissance d'un projet de crime de lèse-majesté vaut complicité, et puisque ce crime-là n'admet jamais ni excuse ni pardon, en connaître le projet vaut peine de mort, administrée dans les plus atroces conditions. On se souvenait encore dans tout le royaume de France des supplices infligés au moine Ravaillac, assassin d'Henri IV, de son corps tailladé, du plomb fondu versé dans ses plaies, des chevaux écartelant ses membres.

La Reynie fit donc étudier avec minutie ce billet et des savants en écriture conclurent qu'il avait été écrit par l'abbé Nail. Le prêtre avait habilement déguisé son écriture sans parvenir cependant à la transformer au point de la rendre méconnaissable.

Quel était son but ?

On l'interrogea. Il nia. Mais les présomptions qu'il fût mêlé, avec la demoiselle La Grange, à un complot contre la personne du Roi, se trouvèrent renforcées.

Questionnant à nouveau la demoiselle La Grange, le lieutenant général de police s'entendit répondre qu'en effet « ceux qui veulent mettre de la poudre blanche sur la serviette de qui vous savez, ceux qui peuvent avoir ce malheureux dessein, sont capables d'aller plus loin ».

Pourtant, la demoiselle La Grange ne reconnut pas avoir inspiré ce billet, prétendant que seules des visions lui faisaient connaître les « projets criminels ».

Poursuivant son enquête, La Reynie apprit de ses espions qui surveillaient les herboristes, les apothicaires et autres personnes faisant commerce de drogues, que jamais autant de devineresses, de femmes sans aveu n'avaient acheté autant de poudre, de venin de crapauds et de serpents.

On lui dit qu'il se murmurait qu'on pouvait tuer en effet en répandant de la poudre d'arsenic ou d'autres poisons sur les vêtements, les chemises, à l'intérieur des gants, en tapissant les assiettes et les bols. Que des maris avaient ainsi été empoisonnés, le bas de leur chemise de nuit enduit de poudres, leurs cuisses se couvrant d'ulcères, leur bas-ventre et leur sexe rongés, leurs épouses prétendant qu'ils étaient atteints du mal honteux que donnent les fornications adultères avec des femmes de la lie du peuple. Et le mari se mourait, couvert d'opprobre.

La Reynie ne l'avoue pas, mais j'ai perçu, en le lisant, son effroi.

Une maîtresse du Roi était-elle capable d'un tel projet régicide pour se venger d'avoir été rejetée ?

Quelle était la part de la demoiselle La Grange dans ces projets ?

Il apprit qu'à la prison du Châtelet où, avant

d'être enfermée à la Bastille, la demoiselle La Grange avait été détenue, l'une des acheteuses de venins et de poisons, une femme au corps difforme, ivrognesse et gueularde, Marie Bosse, était venue visiter à plusieurs reprises la prisonnière.

Et les espions du lieutenant général de police qui surveillaient cette sorcière rapportèrent qu'en ripaillant chez une femme Vigoureux, elle aussi devineresse, la Bosse avait déclaré de sa voix éraillée de poissarde :

– Quel beau métier, quelle clientèle ! Je ne vois chez moi que duchesses, marquises, princes et seigneurs ! Encore trois empoisonnements et je me retire fortune faite !

Il m'a semblé que la main de Nicolas Gabriel de La Reynie tremblait lorsqu'il écrivit que « la Bosse avait relation sur le fait de poison avec la demoiselle La Grange ». Lorsqu'il rappela que la marquise de Brinvilliers, comme la demoiselle La Grange, et comme la Bosse, avaient évoqué les « gens de condition » qui faisaient commerce de poisons, ou bien parlé du crime de lèse-majesté, ou mentionné les duchesses, marquises, princes et seigneurs qui rendaient visite aux devineresses et aux faiseurs de drogues. Et lorsqu'il avait conclu qu'il y avait bien en effet, entre des criminelles, le chevalier Louis de Vanens et le banquier Cadelan, des liens – peut-être ceux d'un complot visant la personne du Roi.

En outre, La Reynie apprend que la demoiselle La Grange, en compagnie de la devineresse la Bosse, est allée fouiller, peu après l'emprisonnement de Fouquet, la propriété de l'un des financiers qui soutenaient le surintendant.

Là, le financier était censé avoir enfoui une partie de sa fortune pour la dissimuler aux agents du Roi et de Colbert chargés de la lui confisquer.

Les deux femmes étaient revenues bredouilles.

Mais leur initiative montrait que La Grange

n'était pas seulement une criminelle commune, mais un maillon de cette toile d'empoisonneurs, de faux-monnayeurs, d'alchimistes vendant leurs services aux Grands qui entendaient venger Fouquet, empoisonner le duc de Savoie et, pis encore, tuer Sa Majesté le roi de France.

Le 4 janvier 1679, La Reynie fit arrêter la femme Bosse. On s'empara d'elle alors qu'elle était couchée côte à côte avec ses deux fils et sa fille dans le seul lit de leur logis, rue du Grand-Huleu.

On décida de garder secrète cette arrestation et de ne point dévoiler par un procès les liens qui unissaient la demoiselle La Grange, l'abbé Nail et les autres emprisonnés, à commencer par la Bosse.

Et c'est dans l'indifférence générale, comme s'il ne s'était agi que de châtier deux criminels complices dans l'empoisonnement d'un vieil avocat fortuné qu'ils voulaient dépouiller, qu'on pendit en place de Grève la demoiselle La Grange et l'abbé Nail, un soir de février 1679.

VI.

Au bord du grand secret

J'ai relu, Illustrissimes Seigneuries, les *Relations* que je vous adressai en cette année 1679 qui vit pendre la demoiselle La Grange et l'abbé Nail.

J'y évoquais le traité de Nimègue et de Saint-Germain, l'alliance qui se nouait entre le grand électeur de Brandebourg, Frédéric-Guillaume, et le roi de France.

Je prévoyais que la destruction de tous les châteaux d'Alsace par les troupes de Louis XIV allait conduire à la « réunion » de cette province au royaume de France.

J'ai l'orgueil de penser, Illustrissimes Seigneuries, que je ne m'étais point trompé.

Et cependant, aujourd'hui, trente ans plus tard, sachant ce que j'ai appris à la lecture des copies des documents de Nicolas Gabriel de La Reynie, je n'écrirais pas les mêmes *Relations*.

L'année 1679 telle que je la vois aujourd'hui a deux faces.

L'une, glorieuse et militaire, révélant la puissance du Roi-Soleil, l'empreinte de son royaume sur toute l'Europe, de Strasbourg à Nimègue, des Pyrénées au Brandebourg.

Et l'autre face, drapée de noir, éclairée seulement par des flambeaux et des torches, comme l'est la salle à demi obscure située dans les bâtiments de l'Arsenal, à quelques pas de la Bastille.

C'est là que se réunit la Chambre ardente dont Louis XIV vient de décréter la constitution afin que les juges qui la composent puissent enquêter sur les affaires de poisons et juger les empoisonneurs.

C'est aussi l'année où je devins l'ami du lieutenant général de police.

La Reynie était un homme de plus en plus tourmenté par ce qu'il découvrait, donc de plus en plus écrasé par les responsabilités de sa charge.

Il avait la tâche de démasquer les complots qui se tramaient contre le Roi.

Il devait enfoncer le plus profondément possible, dans ces tumeurs, le glaive de la justice.

Et, en même temps, il devait garder le secret absolu sur ce qu'il apprenait.

Lorsqu'il s'installait en face de moi, une ou deux fois par semaine, il ne s'apprêtait pas à me confier l'état de ses enquêtes. Et je n'avais pas le mauvais goût de tenter de lui soutirer des informations.

Il lui suffisait de pouvoir me montrer, sans que je songe à en tirer avantage, sa fatigue, ses doutes et jusqu'à son effarement, son désarroi.

Il me disait alors :

– Le royaume est gangrené.

Il murmurait plusieurs fois cette phrase, ajoutant :

— Qui le sait ? Qui le voit ? Qui ose sonder les marécages ?

Il se taisait puis reprenait :

— Leurs eaux croupissent aussi là où l'on n'imagine trouver que grandeur, honneur et vertu.

— À la Cour ? demandais-je.

Il me répondait d'un hochement de tête avant de dire :

— À la Cour, dans l'antichambre et même dans la chambre du Roi.

Il se levait aussitôt après, comme honteux et effaré par ce qu'il m'avait révélé de sa réflexion.

Mais, avant de partir, il ajoutait :

— Le Roi est sacré. Le Roi est l'élu de Dieu. Je le sers de toutes mes forces.

Mais je ne pouvais oublier les « marécages » pestilentiels qu'il m'avait fait entrevoir.

C'est cet état du royaume de France, ce grouillement de superstitions, de cabales, d'intrigues, ces cérémonies noires, sataniques, ces nouveau-nés égorgés, ce premier sang menstruel des jeunes vierges recueilli dans des fioles pour être utilisé à la composition de philtres, ces sacrilèges et ces rites païens, que j'aurais dû aussi consigner dans mes *Relations* d'alors.

Mais je n'étais qu'un jeune ambassadeur croyant encore que la vie d'un royaume se lit tout entière dans les traités qu'il signe et les actions militaires qu'il entreprend.

Je veux aujourd'hui, dans cette *Relation particulière*, rétablir ce qui se passait aussi dans le royaume du Roi-Soleil.

Il me suffit de suivre et d'éclairer les copies des documents que m'a remises Nicolas Gabriel de La Reynie.

Les lisant, le sens des vagues propos qu'il m'avait tenus se dévoila.

Il m'avait dit qu'il se sentait souvent comme un homme cherchant à dévider une pelote aux nombreux fils embrouillés afin de reconstituer la trame du tissu d'où ils provenaient, et qui, s'il réussissait dans sa tâche, pourrait recomposer les figures que ces fils avaient représentées.

Le premier fil était celui de la marquise de Brinvilliers.

Le second, celui de la demoiselle La Grange et de l'abbé Nail.

Le troisième, celui du chevalier Louis de Vanens.

Le dernier, celui de la devineresse et sorcière la Bosse.

Mais chacun des fils – cela aussi, il me l'avait dit – était en fait une torsade de brins innombrables correspondant chacun à autant de personnages.

Ainsi Louis de Vanens était associé au banquier Cadelan, à un certain Galaup de Chasteuil, alchimiste, aux époux Bachimont, eux aussi impliqués dans la fabrication de poisons et de drogues.

Et cette petite pelote-là était soupçonnée

d'avoir empoisonné le duc de Savoie, sans doute selon le procédé consistant à imbiber d'arsenic et autres poudres corrosives une chemise qu'on lui passait au moment où, revenant en sueur de la chasse, il souhaitait se changer.

Et quelques jours plus tard il était mort plongé dans une fièvre échevelée.

Or ce monde-là, bientôt emprisonné par La Reynie, se trouvait rattaché à la demoiselle La Grange, puisque les uns et les autres connaissaient la vendeuse de drogues, la devineresse, l'ivrognesse la Bosse.

Celle-ci était aussi un fil aux mille brins.

Elle, d'abord : arrêtée, elle reconnut qu'elle avait fourni en « poudre de succession » des dames de condition.

Ainsi cette jeune épouse d'un vieux maître des Eaux et Forêts de Champagne qui voulait se débarrasser de son barbon de mari. La Bosse conseilla d'enduire de savon noir et d'arsenic le bas de la chemise de nuit de l'époux, et, si cela ne suffisait pas, on pouvait lui administrer sous forme de lavement de l'eau-forte !

Tel était le commerce de la devineresse.

À la Bastille, elle se mit à jacasser avec effronterie et jubilation comme une femme qui sait qu'elle finira sur le bûcher.

Et les sergents et commissaires n'eurent qu'à aller saisir de corps la Vigoureux, la Trianon, qui prétendaient n'être que des devineresses, deux pauvres pythonisses parmi les quatre centaines qui faisaient à Paris commerce de deviner l'avenir...

Mais le plus gros brin fut celui de l'épouse du sieur Antoine Monvoisin, dite la Voisin.

Arrêtée le 12 mars 1679 alors qu'elle sortait de la messe célébrée en Notre-Dame de Bonne-Nouvelle, dans le quartier qu'elle habitait, rue Beauregard, elle était assistée de la femme Lepère, une faiseuse d'anges ; comme je l'ai dit, Illustrissimes Seigneuries, ces femmes faisaient, avec les corps des nouveau-nés égorgés et des fœtus, de « petits pâtés cuits au four ».

La Voisin menait grande vie, recevant avec cérémonie les nobles dames venues la visiter pour obtenir poudres et drogues, ou bien prophéties sur leur avenir.

La Voisin portait une « robe d'empereur » de velours vert et un manteau de velours rouge sang, l'un et l'autre brodés d'or.

Je sais aujourd'hui que lorsque Nicolas Gabriel de La Reynie murmurait : « Je n'imaginais pas qu'il existât en notre royaume, au cœur de sa capitale, de telles sorcières », il songeait à la Voisin.

Elle régnait sur les empoisonneuses. Elle leur fournissait drogues et poudres de succession, elle les conseillait, les fustigeait, les menaçait. On la craignait.

On lui adressait les plus exigeantes de ces dames, celles qu'on ne réussissait pas à satisfaire.

Elle, la Voisin, pouvait organiser des messes noires. Elle avait pour amant un maître en filouterie, Lesage, qui se présentait en envoyé du diable. Il était associé à l'abbé Mariette et ensemble ils organisaient, comme l'abbé Guibourg, des cérémonies sacrilèges.

Et à ces « messes à l'envers », à ces consécrations d'hosties par le sang de jeunes enfants égorgés, des dames de haute condition assistaient.

Et certaines, nues et enduites, la tête reposant sur des cousins, servaient d'autel, et l'on plaçait sur leurs seins un crucifix, un calice. Et on demandait au diable de satisfaire les désirs de ces dames.

La Voisin rompit avec Lesage, le dénonça, ainsi que l'abbé Mariette. Lesage fut condamné aux galères. Libéré, il revint néanmoins à Paris et renoua avec la Voisin.

Mais celle-ci s'était entre-temps amourachée d'un certain Blessis, alchimiste, faux-monnayeur, prétendant avoir réussi à obtenir, à partir de vil métal, de l'argent, et capable d'élaborer toutes sortes de poisons.

Blessis était un homme précieux, si recherché que le marquis des Termes, grand seigneur endetté, le séquestra en son château pour lui faire avouer ses secrets.

Ce marquis des Termes était le neveu de M. de Montespan. Et celui-ci, l'époux de la maîtresse officielle de Sa Majesté Louis XIV, Athénaïs de Montespan.

Avec ce nom de Montespan, Illustrissimes Seigneuries, nous voici au bord du grand secret.

Mais Nicolas Gabriel de La Reynie ne le livre pas.

Il nous dit seulement que ses espions apprirent que la Voisin s'était rendue dans les premiers jours du mois de mars 1679 au château de Saint-Germain où se trouvait la Cour. Elle avait l'intention de remettre un placet au Roi en se mêlant à la foule des courtisans.

Quelques lignes plus loin, comme s'il n'y avait aucune relation entre ces deux éléments, La Reynie rappelle qu'on pouvait empoisonner en répandant de la poudre d'arsenic sur les serviettes, les chemises ou dans les gants.

Il n'osa pas écrire qu'on pouvait aussi empoisonner un placet.

Or si ce n'avait pas été dans ce but-là, pourquoi la Voisin eût-elle voulu remettre un placet au Roi ?

Et pour le compte de qui agissait-elle ?

On l'arrêta donc le dimanche 12 mars 1679 au matin au sortir de la grand'messe de l'église Notre-Dame de Bonne-Nouvelle.

Et elle commença à parler.

Je devine l'effroi du lieutenant général de police lorsqu'il apprit que le président de la première chambre des Requêtes avait été assassiné par son épouse qui avait obtenu des poisons en se rendant chez la Voisin.

L'empoisonneuse citait aussi le nom de Mme de Dreux, amoureuse à la passion du duc de Richelieu, achetant des poudres pour empoisonner son mari – maître des requêtes au Parlement – et l'épouse du duc, son amant.

Celle-là avait déjà empoisonné deux de ses soupirants précédents !

Je me souviens qu'en ce temps-là – en 1679 – j'avais été frappé par l'inquiétude qui, à chaque décès, saisissait les gens les plus titrés.

J'avais entendu l'ambassadeur du royaume d'Angleterre me confier :

– Les plus menus accidents sont maintenant imputés au poison, et quantité de personnes vivent dans les transes par suite de frayeurs de ce genre.

Il fallait allumer au plus vite des bûchers.

La Bosse avait dit à La Reynie :

– On ne fera jamais mieux que d'exterminer tous ces gens qui regardent dans la main, parce que c'est la perte de toutes les femmes, tant de qualité qu'autres, parce qu'on connaît bientôt quelle est leur faiblesse, et c'est par là qu'on a accoutumé de les prendre.

Et La Reynie écrivait en conclusion que les « devineresses incitent leurs visiteuses à changer l'avenir qu'elles leur lisent et à utiliser le poison et la noire force du diable pour y parvenir ».

On fit brûler vives, au printemps et à l'été 1679, l'empoisonneuse et devineresse la Bosse et la faiseuse d'anges la Lepère.

D'autres périrent avec elles ; certaines eurent le poing coupé.

Marie Bosse mourut dans les flammes sans une plainte, ayant seulement dit dans les derniers instants au greffier qui l'accompagnait : « Faites prier Dieu pour moi. »

À la fin de l'été 1679, comme le filou Lesage, son ancien amant, la Voisin était encore en vie.

J'ai senti que Nicolas Gabriel de La Reynie attendait non sans inquiétude leurs aveux.

VII.

La face noire du royaume de France

La Voisin et Lesage ont commencé à parler et je me souviens de l'impression que j'ai éprouvée en cette fin d'année 1679.

J'ai eu le sentiment qu'à Paris et à la Cour tous ceux qui connaissaient la nature des propos tenus par la devineresse empoisonneuse et son complice – devenu par ailleurs, depuis qu'il était enfermé à la Bastille, son accusateur – étaient emportés par un ouragan.

Ce vent chargé de poison prenait de plus en plus de force. Il suffisait qu'un homme perdît conscience quelques instants pour que ses proches crient qu'il avait été empoisonné et convoquent des médecins afin qu'on lui ouvrît le corps de sorte à retrouver traces de drogues.

Et l'homme que les scalpels commençaient à taillader bondissait, encore vivant.

On m'assurait qu'entre membres d'une même famille, tous espérant l'héritage, le soupçon planait, sécrétant des haines. On ne mangeait plus que ce que l'on avait soi-même préparé. Le mari se défiait de l'épouse, et celle-ci du mari. Le frère soupçonnait la sœur, laquelle était persuadée que le frère cherchait à l'empoisonner.

On racontait une nouvelle fois les crimes de la marquise de Brinvilliers et ceux de Mme de Dreux.

Au mois de novembre 1679, on représenta – et ce fut un triomphe – une *comédie-féerie* de Thomas Corneille et Donneau de Vozé, et l'on se précipita à l'hôtel de Bourgogne pour rire des devineresses et repousser la peur.

Mais elle ne se dissipa pas.

On attribuait à la Voisin des pouvoirs immenses. On disait qu'elle détenait des onguents et de l'eau miraculeuse pour le teint. On publiait que « la duchesse de Foix avait demandé le moyen d'avoir des seins. Que Mme de Vassé réclamait celui d'avoir des hanches, et de devenir grande ; beaucoup voulaient le secret de se faire aimer, et quelques-unes, la place de Mme de Montespan ».

Ce nom de la plus influente des femmes de la Cour, de cette maîtresse légitime, mère de bâtards légitimés par le Roi, ce nom que Nicolas Gabriel de La Reynie avait sur les lèvres, il ne le prononçait pas.

Il hochait la tête quand je lui disais qu'on le murmurait et qu'il revenait de diverses façons.

La Voisin avait été longuement interrogée sans qu'on eût jamais recours à la torture, car dans ce Royaume on ne torturait qu'après condamnation et la question était dite *préalable*, en ce qu'elle intervenait *avant* le bûcher ou la potence.

La Voisin avait donc déclaré sans contrainte que la duchesse de Vivonne et la duchesse de La Motte s'étaient rendues chez elle. Elles lui avaient demandé « de quoi se défaire de leurs maris, et elles avaient été, sur cela, en commerce avec Lesage ».

Or la duchesse de Vivonne était l'épouse de Louis-Victor de Rochechouart, maréchal de France et frère de la marquise de Montespan.

Une nouvelle fois, le nom de la maîtresse du Roi apparaissait. Et j'ai découvert dans les copies des documents remises par La Reynie que Lesage avait affirmé que la Voisin s'était rendue plusieurs fois à la Cour, au château de Saint-Germain, afin d'y rencontrer deux jeunes femmes, Mlle des Œillets et Mlle Catau, toutes deux suivantes de la marquise de Montespan.

Dans quel but, ces rencontres ?

Comment ne pas penser que les deux suivantes agissaient pour le compte de la marquise ? Et pour qui celle-ci avait-elle besoin de poudres, de drogues ?

N'était-ce pas pour attiser ou ranimer le désir du Roi, retenir le monarque, ou bien se venger de lui ?

Je n'ai pas osé poser ces questions à Nicolas Gabriel de La Reynie lorsqu'il me rendait visite, en cette année 1679. Il ne pouvait les ignorer puisque, à demi-mot, dans les gazettes, les salons du château de Saint-Germain, à la Cour, donc, elles composaient la rumeur du moment. Mais je savais que si je les avais formulées devant lui, le lieutenant général de police n'eût pas desserré les lèvres. Dès que je m'approchais dans mes propos de la personne du Roi, il me faisait comprendre que je n'obtiendrais de lui aucune réponse.

Mais il pouvait me dire de sa voix étouffée :
– Ici, dans notre royaume, la vie de l'homme est publiquement en commerce. C'est presque l'unique commerce dont on se sert dans tous les embarras des familles.

Il me citait le sort de cette épouse de gentilhomme, richement dotée, mais dont le mari dilapidait les biens avec des filles ; et ce n'était encore rien, il la battait, il était ivre, c'était pire qu'un cochon. Elle vivait humiliée, frappée, sans souliers, et elle s'était rendue chez la Voisin pour obtenir le moyen de mettre fin à son calvaire. Elle avait reconnu devant les juges qu'elle s'était déclarée prête à commercer avec le diable, dans une messe dite par l'abbé Mariette. Et Lesage lui en avait proposé une. Elle s'était dénudée et on avait égorgé un enfant dont le sang avait été utilisé pour consacrer les hosties ; on avait aussi enterré dans le parc de son domicile deux cœurs de pigeons immolés en sacrifice. Puis elle avait usé de la poudre d'arsenic sur la chemise de sa bête brute de mari.

Et elle ne regrettait rien.

Elle avait subi la question extraordinaire, jambes brisées par les coins enfoncés dans les brodequins, et on avait tranché son poing en place de Grève avant de la brûler.

Mais, lisant les copies des documents, j'ai appris qu'un codicille à son jugement avait ordonné au bourreau de l'étrangler avant que les flammes ne la dévorent.

Nicolas Gabriel de La Reynie était disert sur ces cas-là. Mais il ne parlait pas du maréchal de Luxembourg dont Lesage assurait qu'il avait demandé à la Voisin de favoriser la mort de sa femme et le mariage de son fils avec la fille du ministre Louvois.

Et je découvrais que ce dernier s'était longuement entretenu à la Bastille avec Lesage, et celui-ci, après l'entrevue, s'était montré encore plus loquace, comme s'il avait conclu un marché avec Louvois, le ministre se servant des accusations de Lesage pour affaiblir tous ceux qui lui étaient hostiles, et d'abord le clan Colbert qui soutenait Mme de Montespan.

Ainsi, derrière cette affaire des poisons, j'ai commencé d'apercevoir les rivalités de Cour, la lutte pour acquérir de l'influence et peser sur le Roi, plus importantes peut-être que le désir chez telle ou telle femme de devenir maîtresse du souverain.

D'ailleurs, dans les copies de documents, il en est une qui montre que Louis XIV ne voulait point que fussent connues les accusations portées contre ses proches.

Louvois avait été contraint d'écrire au procureur général de la Chambre ardente :

« Il y a seulement une chose sur laquelle Sa Majesté vous recommande d'avoir beaucoup d'attention, qui est celle de la demoiselle des Œillets et de la femme de chambre Catau, Sa Majesté croyant être assurée qu'il est impossible que Lesage ait dit vrai. Ce fait sera promptement éclairci par les interrogatoires que Messieurs les commissaires pourront faire à la Voisin. »

Il ne fallait pas impliquer Mme la marquise de Montespan, donc il ne fallait plus parler des jeunes femmes de sa suite.

Et la Voisin comme Lesage le comprirent.

Que leur avait-on promis ?

J'ai su, en lisant les copies de documents, que la Voisin ne fut pas soumise réellement à la question. Elle n'en connut que le simulacre, et le bourreau avait reçu mission de se contenter des gestes, levant son maillet mais ne frappant pas les coins. Peut-être avait-on laissé entendre à la devineresse empoisonneuse qu'elle ne serait pas brûlée vive ? Et à Lesage on promit la vie sauve ; ce qui fut tenu. Il échappa à la potence mais fut jeté avec l'un de ses complices, l'abbé Guibourg, dans un cul-de-basse-fosse de la citadelle de Besançon.

Mais tant la Voisin que Lesage avaient eu toute licence de parler des autres visiteurs de leurs bouges, des demandes de la comtesse de Soissons, Olympe Mancini, nièce du cardinal Mazarin, de celles de sa sœur Marie-Anne Mancini, duchesse de Bouillon, de la comtesse du Roure et de la vicomtesse de Polignac, ou bien encore de Jean Racine, historiographe du Roi.

Tous ceux-là et quelques autres furent accusés d'avoir participé à des messes noires organisées par l'abbé Mariette ou l'abbé Guibourg, ou d'avoir acheté des poudres pour éliminer amant, épouse, maîtresse ou mari.

Parmi ces femmes, il y avait celles qui voulaient obtenir l'amour du Roi.

Olympe Mancini, comtesse de Soissons, la noiraude que le jeune Roi avait tenue dans ses bras, ne pouvait accepter que le souverain se détournât d'elle pour Henriette, d'abord, épouse du frère cadet de Louis XIV, puis pour une suivante de cette dernière, Mlle de La Vallière.

Au début, celle-ci ne devait être qu'un paravent permettant au Roi et à Henriette de poursuivre leur liaison, puis le Roi s'était pris au jeu, avait été séduit par la jeune fille aux cheveux blonds cendrés, par l'amour sincère et absolu qu'elle lui portait.

Olympe Mancini aurait donc alors sollicité la Voisin, accompagnée de la marquise d'Alluye, une ancienne maîtresse de Fouquet.

Et Olympe n'aurait pas seulement voulu empoisonner Mlle de La Vallière, mais elle aurait, dans sa fureur jalouse, déclaré à la Voisin :

— Je porterai vengeance plus loin et ne ménagerai personne. Je me déferai et de l'un et de l'autre !

« L'autre » était Mlle de La Vallière.

« L'un » n'était-il pas le Roi ?

La comtesse du Roure, et Mme de Polignac, et Mme de La Motte voulaient toutes, comme Olympe Mancini, comtesse de Soissons, conquérir ou reconquérir l'amour du Roi, donc empoisonner Mlle de La Vallière.

Et celle-ci, en effet, fut prise de fièvres et de vomissements. Et le duc de Soissons, le mari d'Olympe, mourut.

Le Roi lui-même eut des langueurs, des maux de tête.

La princesse de Tingry, la marquise d'Alluye, la duchesse de Vivonne étaient elles aussi des visiteuses régulières de la Voisin et de Lesage, d'après ces empoisonneurs. Toujours dans le même but : un homme qu'il faut séduire – ce peut être le Roi –, une rivale qu'il faut écarter – ce peut être Mlle de La Vallière –, un mari ou une épouse dont il faut se débarrasser.

Et Marie-Anne Mancini, duchesse de Bouillon, est venue chez la Voisin en compagnie de son amant, le duc de Vendôme, demander qu'on invoque les puissances maléfiques pour en finir avec son mari, ce gêneur.

Et quand le sang des nouveau-nés, les messes noires ne suffisaient pas, pourquoi ne pas user de poudres, de drogues, d'arsenic ?

Et puis, il y a dans les copies de documents ce relevé de l'interrogatoire de la Voisin concernant Jean Racine. Elle dit tenir ses certitudes de Mme Gorle, mère de Marie-Thérèse de Gorle, dite la Du Parc, comédienne, peut-être épousée par Jean Racine, et, selon la Voisin, empoisonnée par lui.

« Mme de Gorle m'a dit que Racine, ayant épousé secrètement la Du Parc, était jaloux de tout le monde, et particulièrement de moi, la Voisin, dont on avait beaucoup d'ombrage.

« Il s'est défait de la Du Parc par le poison et à cause de son extrême jalousie. Et pendant la maladie de la Du Parc, Racine ne partait point du chevet de son lit. Il lui retira de son doigt un diamant de prix, et ainsi avait détourné les bijoux et principaux effets de la Du Parc qui en avait pour beaucoup d'argent, que même Racine n'avait pas voulu que la Du Parc parle à Manon, sa femme de chambre, qui était sage-femme. Et elle, la Voisin, avait connu la Du Parc pendant quatorze ans. Et Racine n'avait pas voulu que la Voisin la visite, alors que la Du Parc le voulait. Et que la mère de la Du Parc, Mme de Gorle, et Manon, et elle, la Voisin, pensaient que Racine avait empoisonné son épouse cachée. »

Une lettre de cachet avait été préparée par Louvois, en date du 11 janvier 1680, pour « l'arrêt du sieur Jean Racine ». Elle ne fut pas envoyée, mais la rumeur de l'arrestation de « gens de qualité », de « grandes dames de condition », grossissait. Je me souviens que l'on s'interrogeait à voix basse.

J'avais noté, à la fin de cette année 1679 et au mois de janvier 1680 :

« On est dans une agitation, on envoie aux nouvelles, on va dans les maisons pour apprendre... On ne parle pas d'autre chose. Un voyageur rentré de Londres me dit que, dans tous les pays étrangers, aux Provinces-Unies comme au Brandebourg ou en Angleterre, un Français voudra dire un empoisonneur. »

J'avais recueilli quelques-unes des rumeurs les plus folles qui secouaient la Cour et Paris.

On avait même jeté à la Bastille un chroniqueur qui avait assuré que le maréchal de Luxembourg – accusé et bientôt embastillé – avait voulu empoisonner le Roi, et que, dans le four de la Voisin, il avait réduit en poudre trois enfants, ses bâtards, nés de ses relations avec la princesse de Tingry, sa belle-sœur.

J'avais noté :

« On dit cent mille ordures effroyables. On parle d'une procession blanche, d'un prêtre tout nu avec une étole, suivi de douze femmes nues, d'autres orgies ou sacrifices faits au diable... »

J'avais rapporté, je m'en souviens, ces rumeurs à Nicolas Gabriel de La Reynie, bien que je fusse persuadé qu'il les connaissait.

Il me dit, cherchant peut-être à se rassurer :

– Quelques empoisonneurs et empoisonneuses de profession ont trouvé moyen d'allonger leur vie en dénonçant de temps en temps un nombre de gens de considération qu'il faut arrêter et dont il faut instruire le procès, ce qui leur donne du temps.

Il avait ajouté une nouvelle fois cette phrase qui revenait comme un refrain accablant :

– C'est le royaume de France.

Puis :

– La face noire du royaume.

Il m'avait quitté en affirmant qu'il fallait que passe la justice du Roi.

VIII.

*C'est la débauche
qui est la première cause*

La justice du Roi, dans les affaires de poisons, c'était, en ce mois de janvier 1680, la Chambre ardente qui l'exerçait. Et les commissaires et les sergents de La Reynie qui enquêtaient.

Mais quand le glaive a commencé à s'abattre sur les « gens de condition », sur les grandes dames du royaume, alors, malgré les rumeurs qui avaient précédé ces « prises de corps », ces « enfermements à la Bastille », la stupéfaction a saisi Paris et la Cour.

J'ai ressenti ce chaos des esprits, cette peur panique qui se répandait. « Chacun a l'œil sur son voisin », ai-je écrit en ce début janvier 1680. J'ai noté que même ceux qui n'avaient jamais fréquenté les devineresses et les empoisonneurs étaient en proie aux affres.

Le bruit a même couru, affolant l'entourage de Monsieur le duc d'Orléans, frère du Roi, que Sa Majesté avait décidé de faire rechercher les « sodomites », de poursuivre les adeptes de ce « vice italien » et de bannir ou d'emprisonner ceux qui s'y livraient.

Mais il eût fallu qu'il chassât de la Cour son propre frère et les amants dont le duc aimait à s'entourer, et, au-delà de ce cercle, bien des gentilshommes de la Cour.

Et Vos Illustres Seigneuries se souviennent que l'on avait autrefois murmuré que le jeune Roi, encore tendre enfant, avait eu peut-être à subir du cardinal de Mazarin lui-même ou d'un neveu du cardinal l'épreuve du « vice italien ».

En fait, on ne décréta de prise de corps ou on n'assigna à comparaître que le maréchal de Luxembourg – qui avait refusé de s'enfuir comme Louvois, qui voulait ainsi le déconsidérer, le lui avait conseillé –, le marquis de Cessac, le duc de Vendôme, le marquis de Fougères, tous nobles de haut lignage et courtisans en vue.

À cette liste s'ajoutaient des duchesses, des comtesses, des marquises, et, parmi elles, les deux sœurs Mancini, Olympe, comtesse de Soissons, et Marie-Anne, comtesse de Bouillon, la marquise d'Alluye, l'amie d'Olympe Mancini, et la vicomtesse de Polignac.

Je n'avais pas alors remarqué que Mmes de Thianges et de Vivonne, dont les noms avaient pourtant été cités par la Voisin, par la Bosse et par Lesage, n'étaient ni décrétées de prise de corps, ni assignées à comparaître.

Mme de Thianges était la sœur de la marquise de Montespan, et Mme de Vivonne la belle-sœur de la même, maîtresse du Roi.

Ce sort particulier réservé à celles qui touchaient de près à la marquise de Montespan, qu'elles fussent ses suivantes ou ses parentes, dit assez que le Roi veillait à ce que sa justice ne frappât pas ses proches.

Ou celles qu'il avait aimées.

Il fit avertir par le duc de Bouillon Olympe Mancini, son amour d'autrefois, qu'elle allait être conduite à la Bastille si elle ne quittait pas le Royaume. Et qu'il la laissait libre de choisir entre la prison et l'exil.

Elle remplit sa cassette de bijoux et son portefeuille de plusieurs centaines de milliers de francs, puis elle prévint son amie la marquise d'Alluye, et toutes deux, au milieu de la nuit, quittèrent la France pour Bruxelles.

Les gardes du corps chargés de les poursuivre retinrent leurs chevaux afin de ne point rejoindre le carrosse des fugitives.

Et cependant, l'accusation portée contre Olympe Mancini était celle d'avoir voulu la mort de Mlle de La Vallière, maîtresse du Roi, et peut-être même celle du souverain !

Son mari, le duc de Soissons, était mort après une courte maladie de trois jours et on accusa Olympe de l'avoir aidé, par la poudre d'arsenic, à quitter ce monde.

Vous savez, Illustrissimes Seigneuries, les rumeurs qui, il y a quelques années, ont assuré qu'à Madrid où elle s'était retirée Olympe

Mancini, comtesse de Soissons avait, avec son amant le comte de Mansfeld, ambassadeur de Vienne, empoisonné Marie-Louise d'Orléans, reine d'Espagne. Celle-ci se savait menacée et avait écrit au roi de France, son oncle : « Je supplie très humblement Votre Majesté de vouloir bien faire envoyer quelques contre-poisons. »

Ils arrivèrent trop tard.

Et c'est cette Olympe Mancini que Louis XIV avait invitée à fuir afin de lui épargner la Bastille.

La vicomtesse de Polignac, le marquis de Cessac s'enfuirent eux aussi pour éviter la prise de corps.

Quant à la sœur d'Olympe Mancini, la duchesse de Bouillon, née Marie-Anne Mancini, elle se présenta devant la Chambre ardente, accompagnée de son mari, le duc de Bouillon, et de son amant, le duc de Vendôme.

La Voisin et Lesage l'avaient accusée de vouloir empoisonner l'époux pour jouir pleinement de l'amant ! Mais les deux hommes étaient là côte à côte pour la défendre. Et elle avait parlé avec morgue :

— Moi, me défaire de mon mari ? Vous n'avez qu'à lui demander s'il en est persuadé ! Il m'a donné la main jusqu'à cette porte.

— Mais pourquoi alliez-vous si souvent chez cette Voisin ?

— C'est que je voulais voir les sibylles qu'elle m'avait promises. Cette compagnie méritait bien qu'on fît tous les pas.

Elle se moqua des magistrats :

— Je n'eusse jamais cru que des hommes sages pussent demander tant de sottises, leur dit-elle.

Je sais que La Reynie, dont elle se gaussa, fut rempli d'amertume, et c'est à cette occasion qu'il me fit la seule confidence précise concernant le Roi :

— Sa Majesté, me dit-il, n'a pas voulu que la duchesse de Bouillon soit confrontée devant ses juges avec la Voisin et Lesage.

— La justice peut-elle connaître la vérité dans ces conditions ? lui demandai-je.

Pour toute réponse, il se contenta d'écarter les bras en signe de soumission mais aussi d'impuissance.

Les juges ne furent pas plus heureux avec les autres gens de condition appelés à comparaître.

On avait accusé le maréchal de Luxembourg d'avoir conclu un pacte écrit avec le diable. Mais lorsqu'on lui présenta le billet, le maréchal s'aperçut qu'entre la date et sa signature on avait ajouté une phrase qui n'était ni de sa main, ni de son encre, par laquelle il faisait « donation à Satan de sa personne » et s'engageait à faire « toutes les conjurations nécessaires ».

Il ne lui fut pas difficile de démonter la machination. Et l'on soupçonna Louvois d'avoir voulu, par ces accusations, écarter un homme dont la gloire militaire portait ombrage au pouvoir du ministre.

Le maréchal de Luxembourg fut acquitté, ainsi que sa belle-sœur, la princesse de Tingry, que l'accusation avait présentée comme mère de trois bâtards du maréchal que, prétendait-on, la Voisin avait brûlés dans son four.

Ces acquittements, Illustrissimes Seigneuries, me paraissent, à la lecture des copies de documents, conformes à la justice. Mais il en est d'autres qui surprennent.

Mme de Dreux, accusée de plusieurs crimes attestés, ne subit qu'une bienveillante admonestation.

L'épouse Leféron, qui avait empoisonné son époux, président de la première chambre des Requêtes, ne fut condamnée qu'à une amende et au bannissement hors le vicomté de Paris.

Mais on pendait en place de Grève empoisonneurs, devineresses et sorcières. On arrêtait l'abbé Mariette, le complice de Lesage, et l'abbé Guibourg.

Et le 19 janvier 1680 la Voisin fut condamnée à mort.

Elle but et banqueta avec ses gardes. Elle rugit contre ses complices, dont Lesage et ce faux-monnayeur alchimiste de Blessis.

On l'interrogea à nouveau, puisqu'elle semblait, maintenant que son sort était scellé, prête à parler plus abondamment qu'elle ne l'avait fait jusqu'alors.

Les juges voulaient connaître la nature de ses relations avec les femmes de la suite de Mme de Montespan, Mlle des Œillets et Mlle Catau.

Pour l'une d'elles, Mlle Catau, la Voisin l'avait connue au Palais-Royal, lui avait lu les lignes de la main, mais elle ignorait même qu'elle fût entrée au service de Mme de Montespan. Et la Voisin répéta qu'elle n'avait jamais rencontré Mlle des Œillets.

Et elle ne connaissait personne à la Cour qui se livrât au commerce des poisons.

Voulait-on vraiment qu'elle parle ? Qu'elle expliquât pourquoi elle s'était rendue au château de Saint-Germain afin de remettre un placet au Roi ?

— Je n'ai jamais porté de poudre ni à Saint-Germain, ni à Versailles, ressassa-t-elle.

Elle voulait simplement faire libérer Blessis que le marquis de Termes retenait prisonnier.

Les interrogateurs s'en tinrent là. Et on ne fit que le simulacre de lui appliquer la question.

Alors, au château de Vincennes où elle était détenue, elle put chanter, s'enivrer, se moquer de ceux qui l'invitaient à penser à son salut.

Elle refusa même de recevoir un confesseur, répétant, le 22 février 1680, quand on la conduisait en place de Grève, qu'elle n'avait aucune autre déclaration à faire.

La foule était là pour la voir s'agenouiller sur le parvis de Notre-Dame, tenant son cierge de deux livres, mais, d'un mouvement brusque, se redressant, massive dans sa tunique de bure, repoussant le crucifix, se débattant quand le bourreau la poussa dans le tombereau puis l'attacha avec les chaînes au bûcher.

Elle jura.

Elle dit qu'« un grand nombre de personnes de toutes sortes de conditions et de qualité se sont adressées à elle pour demander la mort et les moyens de faire mourir beaucoup de personnes, et que c'est la débauche qui est la première cause de tous ces désordres ».

On ensevelit son corps sous les fagots et les bottes de paille qu'elle tenta de repousser, criant encore, mais ne lançant aucun nom, puis le bourreau plongea sa torche dans la paille et la fumée noire étouffa la Voisin.

Et les flammes firent leur office.

IX.

La beauté extrême

Le corps de la Voisin a donc été réduit à quelques poignées de cendres mêlées à celles des fagots et de la paille. Les aides du bourreau les recueillent et les jettent au vent, depuis les rives de la Seine, dans le fleuve qui les engloutit et les emporte.

Et l'on a pu croire, Illustrissimes Seigneuries, que l'on ne parlerait plus d'affaire des poisons dans le royaume de France.

Et ce fut en effet, pour quelques jours, en cette fin d'hiver 1680, comme un grand souffle de soulagement.

On me répétait que la marquise de Sévigné avait lancé le soir même de la mort de la Voisin :

– L'affaire des poisons est tout aplatie, on ne dit plus rien de nouveau.

Mais le visage préoccupé de Nicolas Gabriel de La Reynie démentait ces propos rassurants. Et quand je les lui rapportais, il maugréait :

– Que Dieu le veuille !

Et aujourd'hui, alors que j'ai devant moi les copies des documents qu'il m'a remises avant sa mort, je comprends les causes de ses soucis.

Parce qu'il était le maître des enquêtes, celui qui interrogeait les emprisonnés qui n'étaient pas encore jugés, il savait que l'affaire des poisons était comme une plaie que l'on croit cicatrisée et qui, tout à coup, se rouvre, laissant jaillir le pus dont elle était gorgée. Et l'on craignait alors la gangrène.

C'est la Voisin morte qui mène le bal.

On se souvient qu'elle s'est rendue au mois de mars 1679 à la Cour, à Saint-Germain, pour remettre un placet au Roi. Qu'elle n'y parvint pas et qu'elle fit une nouvelle tentative tout aussi infructueuse.

Elle avait prétendu qu'elle voulait solliciter l'intervention du Roi afin qu'il délivrât le faux-monnayeur Blessis, retenu par le marquis des Termes.

Elle s'était exclamée, on en avait témoignage, constatant son échec à atteindre le souverain :

– Il faut que j'en périsse ou que je vienne à bout de mon dessein !

Cette obstination avait paru étrange à La Reynie.

Il s'était souvenu des poudres qui, sur le tissu d'une chemise ou dans des gants, sur les bords d'un verre ou d'un bol, peuvent empoisonner celui qui les touche.

Il voulut aller jusqu'au bout de ces doutes qui l'empêchaient de trouver l'apaisement, alors même qu'autour de lui on se réjouissait d'en avoir fini avec l'« affaire », et que le Roi et le ministre Louvois paraissaient disposés à dissoudre la Chambre ardente, puisque la Voisin avait subi son châtiment et que les gens de condition avaient comparu ou s'étaient mis hors de portée des juges.

Il restait dans les cachots du château de Vincennes Marie-Marguerite Voisin, la fille de la Voisin.

Elle était jusqu'alors restée muette, secouant la tête quand on l'interrogeait, le corps tremblant comme si elle était possédée par la peur.

Dans un cachot voisin on avait jeté une petite femme au visage anguleux, la Filastre, qu'on avait arrêtée à son retour d'Auvergne où elle s'était rendue, disait-elle, pour lever un trésor et sans doute pour rapporter à la Voisin, avec qui elle était en relation, des plantes à poison.

Non loin de là, dans ce même château de Vincennes, une autre devineresse et empoisonneuse, la Trianon, croupissait.

Et bientôt les rejoignit l'abbé Guibourg, complice de Lesage, ce dernier, toujours vivant, ayant échappé au bourreau pour avoir parlé et servi ainsi les desseins de Louvois.

Quant à l'abbé Mariette, un autre de ses complices en célébrations de messes noires, en cérémonies sacrilèges et en appels au démon, lui aussi était survivant.

Tous ceux-là, Nicolas Gabriel de La Reynie

est persuadé qu'ils détiennent des secrets dont ils n'ont livré que des bribes, et le silence et les imprécations de la Voisin à l'heure de sa mort ne l'ont pas satisfait.

Elle n'a livré aucun nom.

Peut-être, maintenant qu'elle est morte, les prisonniers du château de Vincennes dévoileront-ils les visages des dames de la Cour qui ont eu recours à eux ?

La Reynie est au bord du grand secret et, pour avoir cité les noms de ces dames de la Cour, toutes un temps maîtresses du Roi, je sais qu'il ne cesse de penser à elles, à ce dont elles ont été capables pour garder le souverain entre leurs bras.

En s'enfuyant, Olympe Mancini, comtesse de Soissons, a en fait reconnu les faits. Elle voulait empoisonner Mlle de La Vallière qui avait conquis le cœur du Roi.

Et avait pris, ce faisant, le risque d'empoisonner le souverain.

Il y avait la maîtresse régnante, celle dont personne n'osait, à la Bastille, au château de Vincennes, devant les juges de la Chambre ardente, prononcer le nom : Mme la marquise de Montespan, née Rochechouart de Mortemart, épouse du marquis de Montespan, amie de Mlle de La Vallière et ne rêvant que de la supplanter dans le cœur et le lit du Roi.

Y parvenant parce qu'elle est d'une « beauté extrême », blonde aux yeux d'un bleu intense ; qu'elle est, par son lignage, d'une noblesse immémoriale, et qu'elle en a la dignité, l'indépendance souveraine, qu'elle jongle avec les mots, qu'elle fait rire le Roi, qu'elle conduit avec lui non seulement les ballets donnés à la Cour, mais les jeux de l'esprit. Qu'elle l'enchante, et qu'il la comble, et qu'il l'affiche. Qu'il reconnaît les bâtards qu'elle lui donne.

Mais, peu à peu, l'attrait d'Athénaïs de Montespan s'émousse. Elle est souvent en couches.

Elle grossit. Elle s'affadit, se ride en même temps qu'elle s'alourdit, et elle perd cette beauté et cet esprit des Mortemart qui enchantaient le Roi. Et lui-même se lasse, s'empâte, somnole souvent, s'inquiète du salut de son âme, tombe dans les rets de la dévôte Mme de Maintenon et des confesseurs jésuites qui le mettent en garde contre le double adultère qu'il commet en forniquant avec la marquise de Montespan.

Il n'oublie rien des plaisirs qu'elle lui a donnés, mais, de même qu'il a écarté Mlle de La Vallière au profit de la marquise Athénaïs de Montespan, il s'éloigne peu à peu de cette dernière.

Il invoque les exigences de la religion alors qu'en fait il est attiré par une jeune fille de dix-huit ans, Marie-Angélique, demoiselle de Fontanges, plus belle encore que ne le fut Athénaïs de Montespan, blonde elle aussi, venue à la Cour poussée par sa famille, persuadée que leur fille susciterait l'intérêt du Roi. Et c'est Athénaïs de Montespan, préférant organiser sa défaite que la subir passivement, qui a présenté Mlle de Fontanges au souverain.

Il s'enflamme. Il néglige la marquise. Il affiche sa nouvelle passion. Il relègue ainsi dans une ombre dorée Athénaïs de Montespan.

Humiliée et jalouse, celle-ci est persuadée qu'elle réussira un jour à reconquérir le Roi qui ne peut se satisfaire qu'un temps de cette Fontanges, « belle statue », mais vide d'esprit.

Parmi les suivantes de la marquise de Montespan, il y a, soutenant la passion et l'amertume de sa maîtresse, cette demoiselle des Œillets qui, un temps, fut elle aussi prise par le Roi, puis rejetée après avoir été engrossée d'une petite fille qu'il ne voulut jamais légitimer.

Comme la marquise Athénaïs de Montespan, la demoiselle des Œillets est pleine de haine et de mépris pour Marie-Angélique de Fontanges.

J'ai recueilli des échos de cette guerre impitoyable :

« La Fontanges, disait Mme de Montespan, est une fille stupide et sans éducation. Vraiment, il faut que le Roi ne soit point délicat pour aimer cette personne qui a eu des amourettes dans sa province. »

Il lui faut subir, devant toute la Cour, l'indifférence du souverain, qui n'a même plus un regard pour celle qui fut la reine des fêtes, des ballets, des palais.

Mais il lui faut ne pas perdre la face.

Je les ai vues, l'ancienne et la nouvelle maîtresses, dans la chapelle du château de Saint-Germain, assistant à la messe en présence de Louis XIV. Elles se plaçaient devant les yeux du Roi, Mme de Montespan avec ses enfants sur la tribune, à gauche par rapport à l'assistance, et Mlle de Fontanges à droite, tandis qu'à Versailles Mme de Montespan était du côté de l'Évangile et Mlle de Fontanges du côté de l'Épître. Elles priaient, chapelet ou livre de messe à la main, levant les yeux comme en extase, à l'instar de saintes.

La cour de France, Illustrissimes Seigneuries, est la plus belle comédie du monde.

X.

« Celle pour qui cette messe noire est dite »

Dans ce théâtre réglé qu'était la cour de France, dont le Roi était le cœur tout comme le Soleil est au centre de l'univers, la voix des prisonniers du château de Vincennes interrogés par Nicolas Gabriel de La Reynie fit autant de bruit que l'effondrement d'un décor sur une scène.

Tout à coup, on voyait la machinerie, les coulisses sordides, les acteurs sans perruque, sans maquillage, sans dentelles et sans justaucorps de soie pour cacher leurs rides, leurs ulcères, leurs difformités.

Mais on ne pouvait plus faire taire Marie-

Marguerite Voisin qui avait commencé de se confier au lieutenant général de police.

Et La Reynie résume ainsi les propos de la fille de la Voisin :

– Ayant su que sa mère a été jugée, n'ayant plus rien à ménager, Marie-Marguerite Voisin veut reconnaître la vérité.

Je lis dans les yeux de Nicolas Gabriel de La Reynie l'effroi qu'il a éprouvé en entendant parler la fille de la Voisin, et quand je l'ai rencontré quelques heures plus tard, son effarement n'avait pas disparu.

– Il est vrai, lui avait rapporté Marie-Marguerite Voisin, que le placet que ma mère est allée porter à Saint-Germain quelques jours avant d'être arrêtée n'était à d'autre dessein que d'empoisonner le Roi par le moyen de ce placet.

Ce que La Reynie avait à peine osé imaginer était énoncé par la propre fille de la Voisin.

Elle avait poursuivi, expliquant que « la dame » détenait le placet dans son carrosse. Que cette « dame » l'avait remis à la Voisin et à la Trianon.

– Elles revinrent poser le placet avec un petit

paquet lié avec du fil. La Trianon dit qu'il fallait que cela ne fût à l'air. La Voisin le mit dans sa poche. Il fut parlé de cent mille écus et de passer en Angleterre.

Tout n'était pas encore dévoilé. Mais La Reynie écrit qu'il était désormais avéré que la Voisin et la Trianon agissaient pour le compte d'une dame de condition, et que l'on payait l'action risquée qu'on leur demandait de la somme considérable de cent mille écus, en leur garantissant même une fuite en Angleterre.

Le nom de la dame de condition n'était pas encore livré. Mais, au fur et à mesure des aveux que Nicolas Gabriel de La Reynie obtenait des prisonniers, et d'abord de Marie-Marguerite Voisin, des intentions et des visages se précisaient, en même temps que les liens qui unissaient ces devineresses et ces empoisonneurs apparaissaient.

Ainsi l'empoisonneuse la Filastre était en relation avec la demoiselle La Grange, le chevalier de Vanens et le banquier Cadelan, auxquels elle fournissait des poudres, des drogues composées à partir de plantes vénéneuses, de venins de serpent et de crapaud.

La Filastre allait les chercher en Auvergne ou bien chez un paysan de la région de Caen, Galet, qui préparait de la poudre d'amour.

La Filastre connaissait aussi les prêtres sacrilèges, Guibourg et Mariette, et donc leur complice, Lesage. Elle racontait qu'elle avait accouché au milieu d'un cercle de bougies allumées, chacune de ces bougies représentant un démon, et les plus grosses, le Diable et Lucifer. Elle avait accepté que l'enfant fût égorgé, puisque c'était la condition posée par le Diable pour que réussisse ce qu'elle avait entrepris. Et ce que voulait Françoise Filastre, c'était entrer au service de Mlle de Fontanges, l'une des maîtresses du Roi. Pour cela, elle avait empoisonné une des servantes de la Fontanges, au courant de son passé.

La vie de la Filastre était faite d'avortements, de meurtres d'enfants, d'envoûtements, de messes noires, de commerce de poisons.

Dans quel but, si ce n'est pour empoisonner Mlle de Fontanges, aurait-elle déployé tant d'énergie et de détermination pour entrer au service de la jeune maîtresse du Roi ? Et pour le compte de qui aurait-elle agi ?

Elle ne répond pas, mais c'est alors Marie-Marguerite Voisin qui parle :

– Ma mère devait empoisonner Mlle de Fontanges, dit-elle, parce qu'elle avait supplanté Mme de Montespan, et c'était pour cette dernière que les devineresses et les empoisonneuses œuvraient.

Il fallait s'introduire dans l'entourage de Mlle de Fontanges, lui présenter une pièce d'étoffe rare tissée à Lyon, qu'on avait préalablement imprégnée d'une poudre mortelle. Il fallait lui proposer aussi des gants de Grenoble remplis de poison.

Marie-Marguerite ajoutait qu'elle n'avait pas compris ce que voulait dire l'un des complices de sa mère lorsqu'il avait déclaré :

– Ce poison, dans l'étoffe des gants, fera mourir de langueur la Fontanges et l'on croira que ç'aura été du regret de la mort du Roi.

Cela indiquait qu'on avait bien pour but de tuer le Roi !

Tout s'ordonne, de nouveaux fils permettent de terminer la broderie.

Marie-Marguerite Voisin se souvient d'une jeune femme brune, venue souvent chez sa mère. Elle avait surpris son nom : Mlle des Œillets.

Cette jeune femme portait une robe troussée devant et derrière, à deux queues. Elle interdisait qu'on l'appelât par son nom et elle avait reproché à la Voisin de l'avoir fait. Mais tous les empoisonneurs qui fréquentaient la Voisin savaient que la demoiselle venait là au nom de sa maîtresse, la marquise Athénaïs de Montespan.

Celle-ci voulait des poudres pour l'amour, qu'elle ferait prendre au souverain afin de le reconquérir.

Son désir d'être à nouveau la seule maîtresse légitime était si fort, qu'elle était prête à accepter toutes les messes noires, à s'exposer le ventre et les seins nus aux abbés sacrilèges Guibourg et Mariette, et même à voir l'hostie consacrée par le sang d'un enfant égorgé.

Elle, la maîtresse du Roi, elle, de si haute lignée qu'il lui arrivait d'affirmer que les Rochechouart de Mortemart pouvaient en remontrer aux Bourbons !

Mais quand elle s'était aperçue que les poudres d'amour et les messes noires étaient sans effet, la marquise de Montespan, à en croire la Voisin qui l'avait rapporté à sa fille, avait « voulu tout porter à l'extrémité et l'avoir voulu engager à des choses où elle avait beaucoup de répugnance, et c'était action de mort contre le Roi ».

Ces poudres d'amour et peut-être de mort, il fallait les porter à Mme de Montespan qui les tenait dans son carrosse, non loin de son château de Clagny, et Marie-Marguerite Voisin avait été chargée par sa mère de les remettre à la marquise.

« Ce jour-là, jeudi, il fut convenu que la dame viendrait le lundi, qu'elle aurait un masque qu'elle ôterait, et elle, Marie-Marguerite Voisin, ferait semblant de cracher lorsqu'elle verrait la dame. Ce qui fut fait et, en passant sans s'arrêter, elle, fille Voisin, lui mit un petit paquet de poudre dans la main, qui n'était pas cacheté et que sa mère lui avait donné.

« Une autre fois, entre Ville-d'Avray et Clagny, dans la plaine au bas du pavé, on eut ordre de se rendre à une certaine heure, et la dame fit arrêter son carrosse en apercevant la fille Voisin. Elle se tenait proche de la portière, et la fille Voisin lui remit un petit paquet où il y avait de la poudre passée sous le calice. »

Marguerite a ainsi plusieurs fois été la messagère, la porteuse de poisons. Elle en remit aussi pour Madame la marquise de Montespan et Mlle des Œillets.

« Mme de Montespan était encore bien plus empressée dans le temps où le Roi était en campagne... »

En écoutant ces aveux, Nicolas Gabriel de La Reynie ne pouvait plus ignorer qu'au centre de la toile des empoisonneurs il y avait la marquise de Montespan et sa suivante, Mlle des Œillets. Ces deux femmes s'employaient à s'attacher le Roi par des drogues d'amour, à empoisonner sa jeune maîtresse, la Fontanges, et étaient même prêtes à commettre, par le poison, un régicide.

En frémissant, La Reynie s'est confié à moi à sa manière, prudente et discrète, disant seulement :

– Les hommes et les femmes que j'entends me font frémir. Il y a parmi eux des prêtres, mais ce sont des serviteurs du diable et non de Dieu.

Je sais qu'il pensait à l'abbé Mariette et à l'abbé Guibourg. Il dit de ce dernier, un être monstrueux, au visage déformé par le vice :

– C'est un homme extraordinaire qui paraît touché à des moments, et qui, à d'autres, parle de ce qu'il fera et de ce qu'il dira lorsqu'il sera brûlé et que la question extraordinaire lui sera appliquée, et qui parle de tuer ceux avec qui il est enfermé pour hâter sa condamnation et son supplice.

Et c'est cet être-là qui a organisé plusieurs

messes noires pour Mme de Montespan, c'est pour elle qu'il a égorgé un enfant.

C'est elle qui a souscrit un pacte pour s'assurer du concours du diable dans son entreprise visant à s'attacher le Roi et à empoisonner Mlle de La Vallière et Mlle de Fontanges.

Au cours de cette messe noire, Guibourg, revêtu d'un surplis blanc, « mit dans un bassin un enfant né avant terme, l'égorgea, versa dans le calice et consacra le sang avec l'hostie, acheva sa messe, puis prit les entrailles de l'enfant. Le lendemain, on distilla le sang et l'hostie dans une fiole de verre que Mme de Montespan emporta ».

Durant cette messe noire, on avait entendu une invocation prononcée au moment où on allumait un feu :

« Fagot, je te brûle ; ce n'est pas toi que je brûle, c'est le corps, l'âme, l'esprit, le cœur et l'entendement de Louis de Bourbon, jusqu'à ce qu'il ait accompli la volonté de celle pour qui cette messe est dite... »

J'ai vu ces jours-là Nicolas Gabriel de La Reynie courber la nuque comme si le poids de ce qu'il apprenait pesait lourdement sur lui.

Puis il se redressait et murmurait :

– Je poursuivrai ma tâche jusqu'au bout.

Mais pouvait-on traduire devant la Chambre ardente la marquise de Montespan, la mère d'enfants que le Roi avait légitimés ?

XI.

« J'ai empoisonné
la moitié de Paris »

Ce nom de Montespan, les rumeurs de crimes qu'il traîne et les vapeurs de poisons qui en émanent, aucun de ceux qui ont affaire à la Chambre ardente ne peut l'ignorer.

Les juges l'ont entendu de la bouche des coupables et l'ont lu sur les comptes rendus d'interrogatoires.

Parmi les prisonniers, ceux qui l'ignoraient, n'étant que des comparses, l'ont appris parce que leurs compagnons de cachot, qu'ils se nommassent Lesage, ou les abbés Guibourg et Mariette, ou Marie-Marguerite Voisin, l'ont cité dans les confidences de prison.

Et la Filastre, la plus coupable, celle qui connaissait aussi bien la Voisin que Mlle des Œillets, l'a sans doute confié à ceux qu'elle côtoyait, tout comme elle a cité le nom de Mlle de Fontanges.

Mais, devant Nicolas Gabriel de La Reynie, elle rejette toutes les accusations :

– Mettez si vous voulez que j'ai empoisonné la moitié de Paris, lance-t-elle, pendez-moi si vous voulez, cela vaudra mieux que de me faire languir comme l'on fait ! Je n'ai jamais vu ni entendu parler de poison, ni rien de tout ce que l'on me demande.

Mais La Reynie ne peut la croire.

Le paysan Galet, arrêté dans sa ferme de Caen, explique que la Filastre et Lesage sont venus lui acheter des paquets d'une poudre obtenue en broyant du pain et des cantharides ; avec cette poudre-là, avait-il dit, le Roi et Mme de Montespan, auxquels Lesage et la Filastre lui avaient dit que la drogue était destinée, chanteraient l'amour toutes les nuits !

Et il cite à nouveau le Roi et Mme de Montespan quand on vient lui réclamer une nouvelle poudre, cette fois non plus pour le plaisir. Il s'est vanté, dit-il en leur confiant un paquet de poudre composée de pain, de cantharide et de limaille de fer, qu'avec celle-là il avait fait mourir bien des personnes et des animaux.

La Filastre comme Lesage étaient donc coupables d'avoir voulu empoisonner le Roi, et ce pour obéir au vœu de la marquise de Montespan.

Comment ne pas juger l'empoisonneuse Filastre sans compromettre la maîtresse du Roi ?

Parmi les copies de documents de La Reynie, j'ai trouvé une lettre de Louvois qui lui est adressée le 6 août 1680. Le ministre écrit à La Reynie :

« Sa Majesté trouvera bon que la Filastre soit jugée si l'état de sa santé vous donne lieu de craindre qu'elle puisse mourir auparavant le retour de Sa Majesté de Valenciennes, pourvu en outre que cette femme n'ait point parlé de la personne qui est nommée dans la déclaration que la fille Voisin a faite le mois dernier. »

Je puis ainsi comprendre l'expression sombre et tourmentée qu'avait La Reynie, ces semaines-là, contraint de ne faire comparaître la Filastre et ses complices que s'ils ne prononçaient pas le nom interdit : Montespan.

On jugea cependant la Filastre. Elle dit qu'elle ne connaissait pas Mme de Montespan et qu'elle n'avait pas voulu entrer au service de Mlle de Fontanges pour l'empoisonner. Mais elle reconnut que l'abbé Guibourg avait évoqué les messes noires célébrées pour la marquise.

– Mais, cria-t-elle, celle-là à qui on dit des messes sur le ventre, personne ne la condamnera, et c'est moi qu'on brûlera !

La Filastre fut en effet condamnée à être brûlée vive après avoir imploré le pardon de Dieu devant Notre-Dame.

Comme il est de règle après le jugement, on la soumet à la question.

On serre les brodequins, on enfonce les coins.

Elle hurle. Elle parle. Elle reconnaît qu'elle s'est rendue en Auvergne et en Normandie chez le paysan Galet, parce qu'il lui fallait des poisons que réclamait Mme de Montespan pour faire mourir Mlle de Fontanges et reconquérir l'amour du Roi.

Puis, les jambes brisées, les brodequins desserrés, alors qu'on la reconduit à son cachot, elle dit qu'elle n'a parlé que pour que l'on arrête le supplice.

À quel moment a-t-elle menti ?

Elle est brûlée vive le lendemain en place de Grève.

J'ai revu ce jour-là Nicolas Gabriel de La Reynie.

Il est resté longtemps silencieux, puis a murmuré que Dieu seul pouvait connaître toute la vérité.

Et que les hommes restaient dans l'ignorance des desseins de Dieu.

Il murmura que le bourreau qui avait attaché la Filastre au poteau du bûcher avait été autrefois l'amant de la Voisin. Et qu'il lui arrivait parfois de trancher la main d'un pendu pour la donner à la devineresse, car on prétendait que c'était une « main de gloire » permettant de gagner au jeu !

Puis le lieutenant général de police ajouta que le Roi venait de décider de suspendre tous les procès qui devaient se tenir devant la Chambre ardente :

– Il est certains noms qu'on ne doit pas entendre.

XII.

Un abîme de crimes

Le Roi avait choisi d'imposer silence et, naturellement, Illustrissimes Seigneuries, Nicolas Gabriel de La Reynie respecta la décision du souverain.

Durant plusieurs semaines, il se terra comme pour ne pas céder à la tentation, et il ne répondit à aucune des missives que je lui faisais parvenir, l'invitant à me rendre visite.

Je ne le vis pas non plus dans les maisons que je fréquentais, ni à la Cour où je me rendais, soucieux de recueillir les rumeurs et de vous les transmettre.

Je fus surpris d'abord par la haine – le mot n'est pas exagéré – qui désormais s'attachait au lieutenant général de police, comme si le choix du Roi d'en finir avec les procès de la Chambre ardente valait pour lui condamnation.

Tous les gens de condition qui avaient tremblé se répandaient en sarcasmes et en imprécations.

J'ai relu les *Relations* que je vous ai alors adressées. J'y écrivais :

« La réputation de Monsieur de La Reynie est abominable. On l'accuse d'avoir trompé le Roi et d'avoir créé de toutes pièces des machinations et des cabales qui n'existaient pas, afin de se grandir aux yeux de Sa Majesté. On se moque de sa prétention d'interdire aux devineresses d'exercer leurs talents, et on dit que, si cette ordonnance était respectée, il faudrait enfermer toutes les servantes du royaume qui sont friandes de prophéties quant à leur vie, sans oublier leurs maîtresses qui ne rêvent que de montrer leurs lignes de la main ou de consulter leur astrologue. »

Je notais qu'on osait moins que jamais

accuser la marquise de Montespan alors même que s'affermissait le règne de Mme de Maintenon, austère et dévote, et qu'on assurait que le Roi avait, pour mieux contenir ses passions et ses vices, décidé de l'épouser. Et les jésuites veillaient à le conduire à l'autel de ce mariage censé rendre vertueux un souverain qui avait toujours cédé à la tentation.

Il est vrai que Mme de Montespan était devenue une grosse femme à la peau ridée, que la belle Mlle de Fontanges, après une grossesse douloureuse, n'était plus qu'une « invalide » de l'amour, et que Louis XIV lui-même, édenté, n'était plus le jeune Roi virevoltant sur scène et montrant à la Cour ses jambes dont les courtisanes disaient qu'elles étaient « les plus belles du royaume ».

Commentant ces faits pour vous, Illustrissimes Seigneuries, j'écrivais au Doge de notre Sérénissime République :

« Bien des particularités, aussi curieuses qu'importantes, mériteraient d'être rapportées si la prudence ne prescrivait pas la réserve et ne commandait d'en remettre la relation à un autre temps. »

Cette prudence et le vague de mes propos ne s'expliquaient que par la certitude où j'étais que toutes mes correspondances, avant de vous être acheminées, étaient ouvertes et lues par le Cabinet noir de la poste royale.

Mais un autre temps est venu et j'ai pris toutes précautions pour que ma *Relation particulière* vous parvienne inviolée.

Les copies de documents remises par La Reynie confirment que le lieutenant général de police, s'il se soumettait au Roi, ne pouvait taire son désarroi.

Il écrit qu'il était entouré par une « épaisseur de ténèbres » qu'il ne pouvait percer. Qu'il ne réussissait pas à sonder l'« abîme de crimes » dont il n'avait fait que parcourir en tâtonnant les contours.

Il avoue qu'il est effrayé par la gravité des accusations qui ont été portées contre une personne illustre, et sa plume une fois encore n'ose tracer le nom de la marquise Athénaïs de Montespan.

« Je reconnais ma faiblesse, écrit-il. Malgré moi, la qualité des "faits particuliers" imprime plus de crainte dans mon esprit qu'il n'est raisonnable. Ces crimes m'effarouchent. »

Et, tout en obéissant au Roi, La Reynie ose se dire « convaincu que ces faits sont véritables ».

Lisant ces mots, j'ai imaginé ce que le Roi pouvait penser, sachant que cette phrase de son lieutenant général de police signifiait que la marquise de Montespan s'était dénudée au cours d'une messe noire, qu'elle avait accepté qu'on égorgeât pour elle un enfant, qu'elle avait voulu empoisonner Mlle de Fontanges, qu'elle avait peut-être chaque jour usé de drogues pour réveiller le désir du Roi.

Elle était donc empoisonneuse et sacrilège.

Et peut-être est-ce l'évocation de ces faits qui explique la violente scène qui, selon quelques témoins, opposa le Roi à Mme de Montespan.

Elle vacillait sous la fureur de Sa Majesté qui semblait l'accabler, puis, alors qu'elle pleurait, lui avait tourné le dos après l'avoir toisée avec mépris. Et toute son attitude manifestait sa décision de rompre définitivement avec elle.

Pourtant, les propos de La Reynie étaient ambigus. S'il avait écrit : « Je suis convaincu que ces faits sont véritables », il ajoutait aussitôt : « Mais je n'en ai pu venir à bout. J'ai recherché au contraire tout ce qui pouvait me persuader qu'ils étaient faux, et il m'a été également impossible de conclure. »

Le plus étrange et le plus insupportable, pour La Reynie, était que la plupart des cent quarante-sept prisonniers qui croupissaient à la Bastille ou dans les cachots du château de Vincennes ne pouvaient plus être poursuivis et condamnés dès lors que tout ce qui concernait Mme de Montespan était retiré des dossiers.

Ainsi, comme l'écrivait La Reynie, « des charges considérables pour empoisonnement ou pour commerce de poisons, et des charges pour sacrilèges et impiétés, qui accablaient ces scélérats, devaient être abandonnées ».

Dès lors, les prisonniers tels que la Trianon, la fille Voisin, Lesage, l'abbé Guibourg et l'abbé Mariette, le Normand Galet et la plupart des autres allaient être impunis !

Et les mystères qui entouraient le comportement de la marquise de Montespan et de sa suivante Mlle des Œillets ne seraient jamais élucidés.

On resterait dans les ténèbres du soupçon.

La Reynie réussit-il à convaincre le Roi qu'il fallait, quelle que fût la décision finale, tenter d'aller jusqu'au bout ? Ou bien est-ce Louvois, désireux d'écraser une fois pour toutes Mme de Montespan dont il était l'ennemi, et ayant choisi le camp de Mme de Maintenon, qui emporta la décision ?

Quoi qu'il en soit, Louvois écrit à La Reynie le 18 novembre 1680 :

« Il a plu à Sa Majesté que je mènerai Mlle des Œillets à Vincennes, vendredi prochain, que je ferai descendre Lesage, la fille de la Voisin, Guibourg et les gens que vous me ferez dire avoir parlé d'elle, sous prétexte de leur demander des éclaircissements sur ce qu'ils ont dit de la personne considérable qu'ils ont nommée. Pendant la conversation que j'aurai avec chacun d'eux, Mlle des Œillets entrera et se montrera à eux, et je leur demanderai s'ils la connaissent, sans la leur nommer. »

Le 22 novembre, comme Louvois l'avait ordonné, Mlle des Œillets est confrontée, sans avoir été nommée, à Lesage, à la fille de la Voisin, à Guibourg, à d'autres, dont des domestiques qui prétendent l'avoir accompagnée chez la Voisin. Elle a tout nié, affirmant n'avoir jamais été chez la devineresse et ne connaître aucune des personnes qui ont affirmé lui avoir remis poudres et drogues.

Car tous sans hésiter, dès qu'elle paraît, la nomment.

Elle leur fait face avec superbe. Ils se trompent, dit-elle. Ils la confondent avec sa nièce qui, en effet, fréquentait astrologues et devineresses.

On recherche la nièce. Elle est grosse, petite et ne ressemble en rien, avec sa forte poitrine, à la jeune femme élancée qu'est Mlle des Œillets.

Mais celle-ci ne vacille pas. Elle s'indigne au contraire qu'on puisse prêter foi à la parole de prisonniers coupables de crimes infernaux, et d'opposer leurs mensonges à la vérité dite par une jeune femme à laquelle on ne peut rien reprocher, sinon ce que disent les empoisonneurs !

Et Louvois comme La Reynie ne peuvent plus ignorer que Mlle des Œillets a eu les faveurs du Roi, qu'elle est la mère d'une petite fille née de Louis XIV, même si le souverain – et c'est grand dépit pour elle – refuse de la légitimer.

Dès lors s'insinue un nouveau soupçon, que Colbert, l'allié de Mme de Montespan, amplifie en chargeant un avocat, maître Duplessis, d'examiner toutes les accusations portées contre la marquise de Montespan.

Toutes peuvent être retournées contre Mlle des

Œillets si l'on retient les propos des empoisonneurs.

Pourquoi la jeune femme, ulcérée d'avoir perdu le Roi après avoir cru l'avoir conquis, n'aurait-elle pas voulu se venger, prétendant agir pour Mme de Montespan et ne poursuivant en fait que des buts personnels ?

Ainsi Mme de Montespan n'était peut-être coupable que d'avoir recherché, comme toutes les femmes, des drogues d'amour, aphrodisiaques, à servir à son royal amant.

Restaient les messes noires : mais pouvait-on faire confiance à un monstre comme l'abbé Guibourg et croire la fille de la Voisin ?

J'ai revu Nicolas Gabriel de La Reynie.

Comme à son habitude, il ne m'a fait aucune confidence, se contentant de murmurer, au moment de me quitter :

– Que pouvais-je faire d'autre ?

Il lui était impossible de poursuivre la marquise de Montespan ou Mlle des Œillets, l'une et l'autre, à des degrés divers, personnes considérables, et par ailleurs l'une pouvant avoir été le paravent de l'autre, et vice versa : la jeune suivante se cachant derrière la marquise et celle-ci utilisant Mlle des Œillets.

Mais restaient à la Bastille et au château de Vincennes cent quarante-sept détenus dont la culpabilité était attestée, et ceux qui étaient innocents devaient être aussi réduits au silence.
« Il n'y a point de charges contre celui-ci, écrivait ainsi La Reynie. Il n'est détenu depuis longtemps que pour avoir eu le malheur d'être mis à Vincennes dans la chambre de Guibourg et pour avoir su, peut-être, ce que Guibourg lui a voulu dire de ses affaires. »
Sa Majesté fut généreuse. On versa à ce comparse malchanceux une pension annuelle, à charge pour lui de quitter le royaume et de ne jamais revenir d'exil. Il lui fut communiqué que « s'il lui arrivait jamais d'écrire ou de parler de ce qu'il avait entendu pendant qu'il était à Vincennes, Sa Majesté le ferait arrêter et le ferait enfermer pour le reste de ses jours ».

D'autres furent pendus et brûlés après avoir été soumis à la question. La Trianon se suicida. On enferma certaines femmes prisonnières – ainsi la fille de la devineresse Marie Bosse – dans des couvents.

D'autres encore, – Lesage, Mariette, Guibourg – furent enfouis dans les cachots de citadelles du royaume, souvent attachés par une chaîne courant d'un anneau scellé dans le mur de leur cellule jusqu'à leur poignet ou leur cheville.

Les femmes – ainsi Marie-Marguerite Voisin – furent enfermées à Belle-Isle, dans la forteresse. Et Louvois recommanda au gouverneur « d'empêcher que l'on entende les sottises qu'elles pourront crier tout haut, les menaçant de les corriger si cruellement qu'il n'y en ait pas une qui ose faire le moindre bruit ».

Ces prisonniers-là, Illustrissimes Seigneuries, qui ne furent pas brûlés vifs, connurent le châtiment d'être enterrés vivants.

L'un de ces coupables, qui fut quant à lui roué vif – mais peut-être était-ce une grâce que Dieu lui accorda – s'était écrié alors qu'on le soumettait à la question extraordinaire :

– Vous poursuivez les gueux, mais c'est plus haut que vous devriez chercher !

Si Nicolas Gabriel de La Reynie a relevé le propos, c'est, je crois, qu'il eût pu le reprendre à son compte et le crier à son tour.

XIII.

*Les poisons et les crimes enfouis
dans nos entrailles*

Le mystère demeure, Illustrissimes Seigneuries, même si les gueux coupables sont châtiés, certains pendus, d'autres brûlés ou roués vifs, la plupart subissant une peine encore plus cruelle, ensevelis qu'ils sont dans les oubliettes des forteresses, condamnés à la nuit, à la chaîne, au silence et au froid, à une agonie pire que celle des bêtes encagées et entravées.

Mais ces châtiments qui frappent de vrais délinquants, le lieutenant général de police sait bien qu'ils ne lui permettent pas de percer les épaisses ténèbres qui entourent les actes de la marquise de Montespan et de la demoiselle des Œillets, sa suivante.

J'ai découvert dans les copies des documents la trace d'un homme que l'abbé Guibourg nomme « le Milord anglais », dont on ne connaît pas l'identité.

L'abbé sacrilège assure que ce Milord anglais s'est présenté en compagnie de Mlle des Œillets chez la Voisin. Celle-ci, à leur demande, a élaboré une drogue qui pouvait, si on la lui administrait, plonger le Roi en état de langueur, et la mort s'insinuerait lentement en lui. La Voisin avait écrit une « conjuration » qu'il fallait réciter au-dessus du calice rempli de cette mixture. Et Guibourg avait précisé que le breuvage était composé du sang menstruel de la Des Œillets, du sperme du Milord anglais, de la poudre de sang de chauve-souris et d'un peu de farine.

Est-ce ce Milord anglais qui tenait dans le drame des poisons le rôle principal, soucieux de débarrasser l'Angleterre d'un monarque puissant et ambitieux ?

Dans ce cas, Mme de Montespan et Mlle des Œillets ne seraient plus que des marionnettes entre les mains d'un habile agent britannique.

C'est ce Milord inconnu qui aurait promis

cent mille écus à la Voisin et le passage en Angleterre. Après l'arrestation de la Voisin, il devait proposer aussi à sa fille Marie-Marguerite Voisin de fuir à Londres.

Puis le Milord anglais disparaît. Mais, s'il a joué ce rôle, Illustrissimes Seigneuries, l'affaire des poisons devient alors un épisode ténébreux de la guerre couverte que se livrent le royaume de France et celui d'Angleterre.

De même est-il question dans les aveux de tels ou tels comparses, empoisonneurs et vendeurs de drogues sans envergure. Ainsi d'un homme se présentant comme le chevalier de La Brosse, cherchant « par poisons ou par billets, par drogue ou par magie », à se venger de l'enfermement de Fouquet.

Ce chevalier sans visage aurait été apparenté au surintendant et désireux de voir ce dernier recouvrer fortune et place à la Cour.

Mais on ne sait rien de plus sur lui. Les empoisonneurs qui lui ont préparé des poudres et des drogues ne livrent aucun indice qui permette de l'identifier. L'un est condamné au bûcher, l'autre à être roué, puis la justice, reconnaissant qu'ils ont dit ce qu'ils savaient, précise qu'ils seront étranglés avant d'être livrés aux flammes ou d'être rompus.

Et quand on décapite un sieur Maillard, conseiller à la Cour des comptes, soupçonné et coupable « pour avoir su, connu et non révélé les détestables projets formés contre la personne du Roi », la vérité n'apparaît pas davantage.

Qui sont ce Milord anglais et ce chevalier de La Brosse ?

Pourquoi tous ces empoisonneurs, devineresses et autres criminels, de la Brinvilliers à la Voisin, ces prêtres sacrilèges et ces scélérats, de Guibourg à Lesage, sont-ils tous liés entre eux ?

Qu'y a-t-il au fond de cet abîme de crimes ?

La passion et l'ambition déçues de femmes délaissées par le Roi et cherchant à s'en faire aimer à nouveau, ou bien l'entreprise d'un espion régicide pour servir Londres, ou la revanche de partisans du surintendant Fouquet désireux de récupérer leurs fortunes et leurs pouvoirs ?

Mais peut-être, Illustrissimes Seigneuries, y a-t-il tout cela à la fois, l'affaire des poisons révélant les entrailles purulentes d'un royaume dont on ne veut connaître que la face glorieuse.

Ces entrailles sont aussi celles de Mlle de Fontanges, morte dans les souffrances à vingt ans, le 28 juin 1681.

On murmure d'abord, puis on clame et on écrit que la Fontanges a été empoisonnée.

On désigne la coupable : la marquise de Montespan.

On le dit à la Cour. Des pamphlets reprennent et amplifient la rumeur.

On assure que Mme de Montespan a empoisonné trois personnes, dont les enfants de la Fontanges.

Les médecins qui autopsient le corps concluent à la mort naturelle : « Hydropisie de la poitrine contenant plus de trois pintes d'eau avec beaucoup de matières purulentes dans les lobes droits du poumon dont la substance était entièrement corrompue et gangrenée, adhérente de toutes parts... le cœur un peu flétri, le foie d'une grandeur démesurée... »

Pourquoi cette « pourriture totale » ? N'aurait-elle pas été provoquée par les drogues et les poisons, les breuvages confectionnés par la Voisin, portés par sa fille à Mlle des Œillets sur la demande expresse de Madame la marquise Athénaïs de Montespan ?

Et comment expliquer la mort brutale de Louvois, le 16 juillet 1691, après qu'il eut bu un verre de l'eau contenue dans la cruche qui se trouvait en permanence dans son cabinet ? Cette mort ne serait-elle pas due à un poison peut-être versé par un domestique au fait des habitudes du ministre ?

J'ai retrouvé la *Relation* que, cette année-là, Illustrissimes Seigneuries, je vous avais adressée.

J'écrivais, rapportant la rumeur qui s'était répandue à la Cour, que l'on avait trouvé dans l'eau des « indices manifestes de poison ».

J'ajoutais que l'on assurait que Louvois venait d'être averti dans une lettre particulière, par un homme se disant de la religion réformée, qu'il eût à se tenir sur ses gardes, car sa vie était menacée.

Les poisons étaient ainsi profondément infiltrés dans le royaume de France, et là où on ne les trouvait pas, on n'en imaginait pas moins leur action néfaste.

La Chambre ardente n'avait pu ni identifier ni interroger ceux sur qui planaient les soupçons les plus graves et les plus précis.

Si bien que ces soupçons, ces rumeurs, ces accusations, peut-être ces calomnies, des années plus tard, ne se sont pas encore dissipés.

Quant au geste du Roi, en cette année 1709, brûlant les pièces les plus compromettantes établies de par les enquêtes de Nicolas Gabriel de La Reynie, il a été sans effet puisque, Illustrissimes Seigneuries, le lieutenant général de police, avant sa mort, m'a remis copies de ces documents à partir desquelles, pour le plus grand profit, j'en forme le souhait, de notre Sérénissime République, j'ai rédigé cette *Relation particulière*.

Je veux la conclure en citant Nicolas Gabriel de La Reynie qui dit espérer avec beaucoup de confiance « que Dieu achèvera de découvrir cet abîme de crimes, qu'Il me montrera en même temps les moyens d'en sortir, et enfin qu'Il inspirera au Roi tout ce qu'il doit faire dans une occasion si importante ».

Mais, selon moi, Illustrissimes Seigneuries, Dieu sera à la peine, car les hommes, des plus gueux aux plus grands, préfèrent reléguer les poisons et leurs crimes au plus profond de leurs entrailles.

TABLE

I.	Lettre du 14 juillet 1709	11
II.	Nicolas Gabriel de La Reynie	23
III.	« Les enfants donnés au diable »	31
IV.	« Des modes de crimes comme d'habits »	39
V.	« Une artiste en poisons »	47
VI.	Au bord du grand secret	59
VII.	La face noire du royaume de France	73
VIII.	C'est la débauche qui est la première cause	89
IX.	La beauté extrême	101
X.	« Celle pour qui cette messe noire est dite »	111
XI.	« J'ai empoisonné la moitié de Paris »	123
XII.	Un abîme de crimes	129
XIII.	Les poisons et les crimes enfouis dans nos entrailles	143

DU MÊME AUTEUR

ROMANS

Le Cortège des vainqueurs, Robert Laffont, 1972.
Un pas vers la mer, Robert Laffont, 1973.
L'Oiseau des origines, Robert Laffont, 1974.
Que sont les siècles pour la mer, Robert Laffont, 1977.
Une affaire intime, Robert Laffont, 1979.
France, Grasset, 1980 (et Le Livre de Poche).
Un crime très ordinaire, Grasset, 1982 (et Le Livre de Poche).
La Demeure des puissants, Grasset, 1983 (et Le Livre de Poche).
Le Beau Rivage, Grasset, 1985 (et Le Livre de Poche).
Belle Époque, Grasset, 1986 (et Le Livre de Poche).
La Route Napoléon, Robert Laffont, 1987 (et Le Livre de Poche).
Une affaire publique, Robert Laffont, 1989 (et Le Livre de Poche).
Le Regard des femmes, Robert Laffont, 1991 (et Le Livre de Poche).
Un homme de pouvoir, Fayard, 2002 (et Le Livre de Poche).
Les Fanatiques, Fayard, 2006.
Le Pacte des assassins, Fayard, 2008.

SUITES ROMANESQUES

La Baie des Anges :
  I. *La Baie des Anges*, Robert Laffont, 1975 (et Pocket).
  II. *Le Palais des Fêtes*, Robert Laffont, 1976 (et Pocket).
  III. *La Promenade des Anglais*, Robert Laffont, 1976 (et Pocket).
  (Parue en 1 volume dans la coll. « Bouquins », Robert Laffont, 1998.)

Les hommes naissent tous le même jour :
  I. *Aurore*, Robert Laffont, 1978.
  II. *Crépuscule*, Robert Laffont, 1979.

La Machinerie humaine :
- *La Fontaine des Innocents*, Fayard, 1992 (et Le Livre de Poche).
- *L'Amour au temps des solitudes*, Fayard, 1992 (et Le Livre de Poche).
- *Les Rois sans visage*, Fayard, 1994 (et Le Livre de Poche).
- *Le Condottiere*, Fayard, 1994 (et Le Livre de Poche).
- *Le Fils de Klara H.*, Fayard, 1995 (et Le Livre de Poche).
- *L'Ambitieuse*, Fayard, 1995 (et Le Livre de Poche).
- *La Part de Dieu*, Fayard, 1996 (et Le Livre de Poche).
- *Le Faiseur d'or*, Fayard, 1996 (et Le Livre de Poche).
- *La Femme derrière le miroir*, Fayard, 1997 (et Le Livre de Poche).
- *Le Jardin des Oliviers*, Fayard, 1999 (et Le Livre de Poche).

Bleu, blanc, rouge :
  I. *Marielle*, Éditions XO, 2000 (et Pocket).
  II. *Mathilde*, Éditions XO, 2000 (et Pocket).
  III. *Sarah*, Éditions XO, 2000 (et Pocket).

Les Patriotes :
  I. *L'Ombre et la Nuit*, Fayard, 2000 (et Le Livre de Poche).
  II. *La flamme ne s'éteindra pas*, Fayard, 2001 (et Le Livre de Poche).
  III. *Le Prix du sang*, Fayard, 2001 (et Le Livre de Poche).
  IV. *Dans l'honneur et par la victoire*, Fayard, 2001 (et Le Livre de Poche).

Les Chrétiens :
  I. *Le Manteau du soldat*, Fayard, 2002 (et Le Livre de Poche).
  II. *Le Baptême du roi*, Fayard, 2002 (et Le Livre de Poche).

III. *La Croisade du moine*, Fayard, 2002 (et Le Livre de Poche).

Morts pour la France :
 I. *Le Chaudron des sorcières*, Fayard, 2003 (et J'ai lu).
 II. *Le Feu de l'enfer*, Fayard, 2003 (et J'ai lu).
 III. *La Marche noire*, Fayard, 2003 (et J'ai lu).
 En un volume, précédé de *Hommage au dernier poilu*, Fayard, 2008.

L'Empire :
 I. *L'Envoûtement*, Fayard, 2004 (et J'ai lu).
 II. *La Possession*, Fayard, 2004 (et J'ai lu).
 III. *Le Désamour*, Fayard, 2004 (et J'ai lu).

La Croix de l'Occident :
 I. *Par ce signe tu vaincras*, Fayard, 2005 (et J'ai lu).
 II. *Paris vaut bien une messe*, Fayard, 2005 (et J'ai lu).

Les Romains :
 I. *Spartacus. La Révolte des esclaves*, Fayard, 2005.
 II. *Néron. Le Règne de l'Antéchrist*, Fayard, 2006.
 III. *Titus. Le Martyre des juifs*, Fayard, 2006.
 IV. *Marc Aurèle. Le Martyre des chrétiens*, Fayard, 2006.
 V. *Constantin le Grand. L'Empire du Christ*, Fayard, 2006.

POLITIQUE-FICTION

La Grande Peur de 1989, Robert Laffont, 1966.
Guerre des gangs à Golf-City, Robert Laffont, 1991.

HISTOIRE, ESSAIS

L'Italie de Mussolini, Librairie académique Perrin, 1964, 1982 (et Marabout).
L'Affaire d'Éthiopie, Le Centurion, 1967.
Gauchisme, réformisme et révolution, Robert Laffont, 1968.
Histoire de l'Espagne franquiste, Robert Laffont, 1969.

Cinquième Colonne, 1939-1940, Plon, 1970 et 1980, Complexe, 1984.
Tombeau pour la Commune, Robert Laffont, 1971.
La Nuit des Longs Couteaux, Robert Laffont, 1971 et 2001.
La Mafia, mythe et réalités, Seghers, 1972.
L'Affiche, miroir de l'Histoire, Robert Laffont, 1973 et 1989.
Le Pouvoir à vif, Robert Laffont, 1978.
Le XXe Siècle, Librairie académique Perrin, 1979.
La Troisième Alliance, Fayard, 1984.
Les idées décident de tout, Galilée, 1984.
Lettre ouverte à Robespierre sur les nouveaux Muscadins, Albin Michel, 1986.
Que passe la Justice du Roi, Robert Laffont, 1987.
Manifeste pour une fin de siècle obscure, Odile Jacob, 1989.
La gauche est morte, vive la gauche, Odile Jacob, 1990.
L'Europe contre l'Europe, Le Rocher, 1992.
L'Amour de la France expliqué à mon fils, Le Seuil, 1999.
Histoire du monde de la Révolution française à nos jours en 212 épisodes, Fayard, 2001 (et Le Livre de Poche, mise à jour 2005 sous le titre Les Clés de l'histoire contemporaine).
Fier d'être français, Fayard, 2006 (et Livre de Poche).
L'Âme de la France, Fayard, 2007.
De Gaulle, les images d'un destin, Le Cherche-Midi, 2007.

BIOGRAPHIES

Maximilien Robespierre, histoire d'une solitude, Librairie académique Perrin, 1968 (et Pocket).
Garibaldi, la force d'un destin, Fayard, 1982.
Le Grand Jaurès, Robert Laffont, 1984 et 1994 (et Pocket).
Jules Vallès, Robert Laffont, 1988.
Une femme rebelle. Vie et mort de Rosa Luxemburg, Fayard, 2000.
Jè. Histoire modeste et héroïque d'un homme qui croyait aux lendemains qui chantent, Stock, 1994, et Mille et Une Nuits, 2004.

Napoléon :
  I. *Le Chant du départ*, Robert Laffont, 1997 (et Pocket).
  II. *Le Soleil d'Austerlitz*, Robert Laffont, 1997 (et Pocket).
  III. *L'Empereur des rois*, Robert Laffont, 1997 (et Pocket).
  IV. *L'Immortel de Sainte-Hélène*, Robert Laffont, 1997 (et Pocket).

De Gaulle :
  I. *L'Appel du destin*, Robert Laffont, 1998 (et Pocket).
  II. *La Solitude du combattant*, Robert Laffont, 1998 (et Pocket).
  III. *Le Premier des Français*, Robert Laffont, 1998 (et Pocket).
  IV. *La Statue du Commandeur*, Robert Laffont, 1998 (et Pocket).

Victor Hugo :
  I. *Je suis une force qui va !*, Éditions XO, 2001 (et Pocket).
  II. *Je serai celui-là !*, Éditions XO, 2001 (et Pocket).

César Imperator, Éditions XO, 2003 (et Pocket).
« Moi, j'écris pour agir », Vie de Voltaire, Fayard, 2008.

CONTE
La Bague magique, Casterman, 1981.

EN COLLABORATION
Au nom de tous les miens, de Martin Gray, Robert Laffont, 1971 (et Pocket).

Vous pouvez consulter le site Internet de Max Gallo sur
www.maxgallo.com

« Pour l'éditeur, le principe est d'utiliser des papiers composés de fibres naturelles, renouvelables, recyclables et fabriquées à partir de bois issus de forêts qui adoptent un système d'aménagement durable.
En outre, l'éditeur attend de ses fournisseurs de papier qu'ils s'inscrivent dans une démarche de certification environnementale reconnue. »

*Photocomposition Nord Compo
Villeneuve-d'Ascq*

Achevé d'imprimer en août 2008
par **Bussière**
à Saint-Amand-Montrond (Cher)
pour le compte de la librairie Arthème Fayard

35-33-3572-1/01

Dépôt légal : septembre 2008.
N° d'édition : 106748. – N° d'impression : 082481/1.

Imprimé en France